KB212884

리턴 마스터

리턴 마스터 3

류승현 장편소설

초판 1쇄 찍은 날 § 2017년 9월 21일
초판 1쇄 펴낸 날 § 2017년 9월 28일

지은이 § 류승현
펴낸이 § 서경석

총괄팀장 § 최하나
편집책임 § 이지연
디자인 § 신현아

펴낸곳 § 도서출판 청어람
등록번호 § 제387-1999-000006호
등록일자 § 1999. 5. 31
어람번호 § 제1-2769호

주소 § 경기도 부천시 원미구 부일로 483번길 40 서경B/D 3F (우) 14640
전화 § 032-656-4452 팩스 § 032-656-4453
http://www.chungeoram.com
E-mail § chungeorambook@daum.net

ISBN 979-11-04-91467-6 04810
ISBN 979-11-04-91429-4 (세트)

3

류승현 장편소설

리턴 마스터

FUSION FANTASTIC STORY

도서출판 청어람

리턴 마스터

Contents

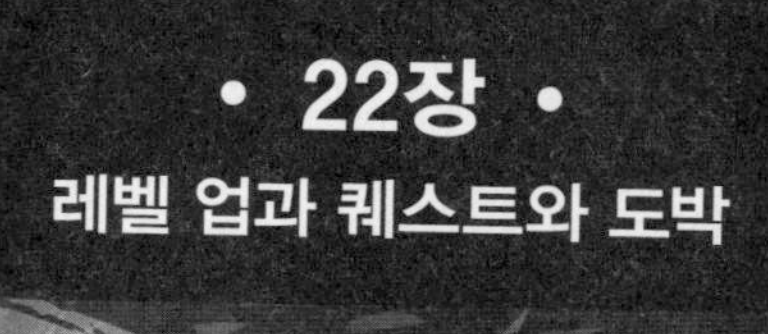

• 22장 •

레벨 업과 퀘스트와 도박

훈련을 마치고 동료들과 함께 숙소로 돌아오는 순간이었다.

“……”

나는 갑작스러운 변화를 느끼며 걸음을 멈췄다.

가장 먼저 마치 누군가 거대한 주사기로 내 몸의 피를 전부 뽑아낸 듯한 허탈감이 엄습했다.

하지만 그것도 잠시였다.

곧바로 더욱 강력해진 혈액이 내 몸을 가득 채우는 듯한 충만함과 함께 온몸에 힘이 넘치는 활력이 느껴졌다.

“음? 왜 그러지?”

빅터가 돌아보며 물었다. 나는 손사래를 치며 잠시 동안 내 몸에 찾아온 폭풍 같은 변화에 전율했다.

레벨이 올랐다.

굳이 스캐닝을 할 필요도 없다. 나는 보다 강해진 스스로의 힘을 확신할 수 있었다.

"방금… 기본 스텟이 상승했습니다."

"뭐? 그럼 오러가 다시 올라갔다는 건가?"

빅터가 깜짝 놀라며 물었다. 나는 고개를 끄덕이며 다시 걸음을 옮겼다.

"아무래도 방금 전의 수련으로 오러 스텟이 300을 채운 모양입니다. 역시 밸런스 소드 클랜이군요. 이런 쪽에 전문가라고 하더니만."

"아니… 아무리 그래도 딱 하루 훈련한 것뿐이지 않나?"

"그러니까요."

"세상에, 대단하군. 정작 우린 반나절 동안 오러에 대한 강의를 들었을 뿐인데 말이야. 막 시작하는 우리보다 성장이 더 빠르다니……."

"저도 놀랐습니다. 효과가 정말 빠르네요."

빨라도 너무 빨라 당황스러울 정도다.

코르시가 말했던 것처럼 내 육체는 오러와 관련해서 대단한 재능을 가진 모양이다.

'문제가 해결되니 곧바로 적응하는군. 친화력이라고 했나? 확실히 레너드의 육체는 오러에 대해 엄청나게 높은 친화력을 가진 것 같다. 누군가 정상적인 방법으로 그에게 오러를 가르쳐 줬다면 내가 회귀하기 전에 이미 각성하고도 남았을 텐데…….'

나는 육체에 남아 있는 레너드의 기억을 떠올리며 안타까운 기분을 느꼈다.

나는 그에게 감사했다.

레너드는 다른 노예들에 비해 체구도 작고 힘도 부족했다.

하지만 선천적으로 누구보다 뛰어난 오러의 친화력을 가지고 있었다.

'겉으로 보기엔 별거 아니었겠지. 하지만 레너드는 오러를 습득하는 데 천부적인 육체를 가지고 있었다. 문제는 그에게 필요한 지식이나 환경이 없었다는 거다. 하지만 나는 그게 있었고… 이건 우연치고는 너무 궁합이 좋은 게 아닌가? 어쩌면 회귀의 반지는 그냥 랜덤으로 육체를 고른 게 아닌 걸까?'

나는 사소한 의문을 느끼며 걸음을 재촉했다.

회귀의 반지는 어쩌면 그 순간에 가장 '적합한' 존재의 몸을 세팅해 주는 건지도 모른다.

물론 가정이다.

그보다 밤이 너무 늦기 전에 숙소로 돌아가야 했다. 이미 한번 암살에 실패한 '빛을 쫓는 자'들이 언제 다시 재공격을 감행할지 모르기 때문이다.

다행인 것은 적들이 오직 밤에만 움직인다는 것이다.

덕분에 우리들은 낮 동안 자유롭게 행동할 수 있었다.

하지만 공격을 하지 않을 뿐, 낮 동안에 우리들을 감시하고 있을 가능성이 높다. 나는 길거리를 돌아다니며 주변에 있는 수상한 자들을 가끔씩 스캐닝하며 감시자의 유무를 확인했다.

하지만 특별히 발견한 사람은 없었다.

내가 아무리 강력한 스캐닝 능력을 가지고 있다 해도 그것만으론 인간이 가진 사상이나 적의까지 알아내는 건 불가능했다.

*　　　　*　　　　*

"각성을 하면 이런 칼을 한 손으로 자유롭게 다룰 수 있게 된다는 말인가?"

커티스가 긴 장검을 양손으로 휘두르며 감탄했다.

커티스가 쥔 검은 27번 구역의 치안 관리서에서 지급해 준 무기였다. 수련을 마치고 숙소인 관사로 돌아오자, 총 일곱 자루의 검과 기본적인 보호구가 방바닥에 놓여 있었다.

"점심쯤에 치안관이 직접 와서 놓고 갔네. 비싼 건 아니라니 부담 가지지 않고 자유롭게 쓰라고 하더군."

램지는 관사의 식당 테이블에 저녁 식사를 미리 준비해 놓고 있었다. 우리들은 노인이 차려준 밥을 먹으며 야간 경비에 대해 이야기를 나눴다.

먼저 내가 적들이 기습했던 자정 직후의 몇 시간 동안은 불침번을 서겠다고 의견을 냈다.

그러자 빅터가 즉시 고개를 저으며 거부했다.

"그건 안 돼. 전에도 말하지 않았나? 너는 보스야. 장군이라고. 세상 어디에도 장군이 불침번을 서는 일은 없어."

"지금은 장군이 아닙니다. 그리고 그런 상징적인 문제를 떠나서, 실제로 적이 공격해 오면 어떻게 합니까? 당장 우리 중에 적과 싸울 수 있는 건 저뿐입니다."

"물론 너뿐이지. 네가 우리 모두를 합친 것보다 백배는 강할 테니까. 그래서 더욱 너는 밤에 충분히 자야 해. 불침번은 우리가 알아서 조정하지. 만약 조금이라도 낌새가 안 좋으면 곧바로 깨울 테니까 걱정 마. 우리가 깨우기 전까지는 마음 놓고 푹 자두라고."

빅터의 태도는 강경했다. 나는 어깨를 으쓱이며 그의 의견을 수용했다.

"알겠습니다. 그렇게까지 말한다면."

"좋아. 그럼 다들 잘 들어! 불침번은 기본적으로 2인 1조로 한다. 저번에 한 명만 세웠더니 불이 난 것도 눈치 못 챘어! 그러니 한 명은 문을 지키고, 한 명은 주변을 순찰한다. 그리고 적이 기습해 오기 좋은 시간인 자정 직후 세 시간은 무조건 커티스가 포함된다. 커티스는 공간 지각 능력이 있으니 근처에 누가 몰래 숨어들어 오면 감지할 수 있어. 부족한 수면은 해가 뜬 이후에 충당하면 된다. 밸런스 소드 클랜의 수련은 오후에 하면 되니까 문제없을 거야. 그리고…….”

빅터는 능숙하게 동료들에게 명령을 내렸다.

치안관의 말처럼 해가 저물자 관사의 경비가 한 명에서 네 명으로 늘어났다. 우리 쪽에서 두 명이 더 나간다면 어느 정도는 안심할 수 있을 것이다.

식사를 마친 다음, 나는 잠들기 전까지 램지에게 오러의 명상 수련법을 가르쳤다.

다른 동료들은 그 방법이 통하지 않았다. 하지만 정신력이 높은 램지라면 내 방식으로 오러를 습득하는 게 통할지도 모른다.

맨투맨으로 가르침을 받은 램지는 즉시 명상을 시작했다.

“후우… 이런, 이건 생각보다 쉽지 않군.”

램지는 20여 분 만에 긴 한숨과 함께 눈을 떴다.

“역시 상상하는 게 어렵습니까?”

“아니, 마나라는 존재를 이미징하는 것 자체는 어렵지 않아. 하지만 그 상상을 수십 분 동안 계속해서 멈추지 않고 유지하는 건 어렵네. 자넨 이런 걸 해냈다 말인가? 그것도 몇 시간이나 계속? 대단하군. 아무래도 정말 높은 집중력을 필요로 하는 것 같네.”

“익숙해지면 좀 더 수월해질 겁니다. 저도 처음에는 상당히 어려웠습니다.”

“자네의 처음이라면… 전생의 인류 연합 시절을 말하는 거겠지?"

나는 웃으며 고개를 끄덕였다.

"중요한 건 무리하지 않는 겁니다. 너무 대량의 마나를 체내에 받아들이면 오러의 그릇이 그것을 지탱하지 못하고 부작용을 일으킵니다. 간단히 말하면 죽습니다. 그러니 최대한 조금씩 흡수하세요. 안 그러면 목숨이 위험합니다."

"걱정 말게. 아직 그 단계까지 가는 것도 멀어 보이니까. 아무튼 주의하도록 하지."

램지는 심호흡을 하며 다시 명상에 빠졌다.

나는 램지를 내버려 둔 채 침대에 몸을 눕히며 스스로의 몸 상태를 체크했다.

이름: 레너드 조

레벨: 13

종족: 지구인, 초월자(예비)

근력: 178(233)

체력: 162(210)

내구력: 98(142)

정신력: 79(99)

항마력: 112(133)

특수 능력

오러: 237(300)

마력: 0

신성: 0

저주: 19(19)

초월: 시공간의 축복 – 죽으면 5분 전으로 회귀. 하루 5회

초월: 스캐닝(최상급) – 하루 10회

각인: 언어(하급)

드디어 오러가 300이 되었다.

덩달아 레벨이 13이 되며 기본 능력도 상당히 올라갔다.

'그런데 저주 스텟도 15에서 19로 올라갔다.'

나는 입술을 깨물었다.

분명 이틀 전에 죽인 자들 때문일 것이다. 그나마 19명을 죽였는데 스텟이 4밖에 안 오른 게 다행이라면 다행이다.

'물론 저주 스텟 50을 쌓아서 레벨을 하나 더 높이는 것도 고려해 볼 만한 일이다. 하지만 일부러 위험을 자초하고 싶진 않아. 혹시나 정신 오염이 오면 위험하니까… 그런데 정신력과 정신 오염에는 어떤 상관관계가 있는 걸까? 난 정신력이 높으니 쉽게 오염되지 않는 걸까?'

내일이라도 당장 네크로맨서 클랜을 찾아 우다나스에게 질

문을 하고 싶었다.

하지만 내일은 그보다 중요한 일이 예정되어 있다. 나는 스텟창의 퀘스트 란을 천천히 살폈다.

퀘스트1: 회귀의 반지를 파괴하라(최상급)

퀘스트2: 신성제국을 무너뜨려라(최상급)

퀘스트3: 레비교의 대신전을 파괴하라(상급)

퀘스트4: 레비교의 신관을 30명 제거하라(중급) — 현재 23명 제거

퀘스트5: 뱅가드의 투기장에서 챔피언이 되어라(중급)

퀘스트6: 레비그라스 차원에서 처음 30일을 생존하라(하급) — 성공!

레벨 업을 하면서 퀘스트가 새로 생긴 걸까?

전에 성공한 퀘스트가 6번으로 밀려나고, 새롭게 5번 퀘스트가 추가되었다.

"뱅가드의 투기장에서 챔피언이 되어라'라니… 이건 뭐지? 마무사가 노리고 있는 무투사가 되어 대회를 우승하라는 건가?'

아직까진 정확한 내용도, 달성하기까지의 난이도도 전혀 가늠할 수 없다.

'확실한 건 이 퀘스트를 주는 존재가 실제로 날 지켜보고 있다는 거다. 그러니까 뱅가드와 관련된 퀘스트가 생겼겠지.'

나는 천장을 노려보며 가볍게 한숨을 내쉬었다.

퀘스트.

운명.

신…….

나는 생각이 복잡해지는 걸 느끼며 머리를 흔들었다.

중요한 건 지금 당장 내가 할 수 있는 것에 집중하는 것이다.

나는 마음을 다잡으며 '성공!'이란 단어가 붙어 있는 여섯 번째 퀘스트를 살폈다.

이미 언어의 각인을 받았기 때문에 지금 당장에라도 퀘스트의 보상을 통해 각인 능력을 업그레이드시킬 수 있다.

하급에서 중급으로.

하지만 중급까지는 돈으로 해결할 수 있다.

마무사는 뱅가드의 내곽 도시로 가면 '중급' 각인당이 있다고 했다.

중급 언어의 각인을 받는 비용은 대략 2,000씰.

하급에 비하면 무려 스무 배나 비싼 값이다.

하지만 그만한 가치가 있다.

하급 각인은 오직 대화만 통하는 데 비해 중급 각인은 세상의 모든 문자를 읽고 쓸 수 있게 된다고 한다.

그것은 실로 파격적인 능력이었다.

당장 뱅가드에 자리 잡고 다양한 일을 하기 위해서 나는 반드시 이곳의 문자를 읽고 쓸 수 있어야 했다.

그리고 그다음이 중요했다.

'대부분의 각인은 중급까지밖에 받을 수 없다. 상급 이상은 신에게 선택받은 특별한 소수의 존재들만 받는다고 했지.'

그리고 나야말로 그 신에게 선택받은 특별한 소수다.

퀘스트의 성공 보상으로 무조건 각인 능력의 등급을 올릴 수 있으니까.

즉, 언어의 각인을 상급으로 업그레이드할 수 있는 것이다.

중급만 해도 이렇게 엄청난데, 상급이 되면 대체 어떤 능력이 생기는 걸까?

바로 내일이면 답을 알 수 있게 된다.

나는 강한 기대감과 함께 천천히 눈을 감았다.

* * *

다음 날 오전, 길 안내를 맡은 마무사가 대로를 걸으며 물었다.

"진짜 2,000씰을 한 방에 쓰려고? 당신도 진짜 통이 크네. 그런데 혼자 중급 각인 받으러 가는 거, 다른 사람들은 알고 있는 거야?"

나는 고개를 끄덕였다.

"모두 설명했습니다. 물론 전원에게 받게 해주고 싶지만 당장은 돈이 부족하니까요."

"뭐, 그건 그래. 일곱 명이 언어의 각인을 중급으로 다 받으려면 내곽 도시에서 집 한 채는 팔아야 할 테니까. 물론 작은 걸로."

"내곽 도시는 그렇게 집값이 비쌉니까?"

"비싸고말고. 그 불탄 여관집 있잖아?"

"저희들이 묵었던 '모래의 집' 말인가요?"

"응. 거기 새로 짓는 비용이 4,000씰밖에 안 돼. 3층짜리 건물인데도 말이지. 물론 주인 양반은 죽을 맛인 모양이다만……."

"아, 그러고 보니 그 문제도 있군요. 이따가 다녀오는 길에 여관 주인을 만나게 해주십시오."

"주인 양반을? 왜?"

"여관이 불에 탄 건 저희들의 책임이 큽니다. 치안관의 이야기를 들어보니 보상금이 나오긴 하는 것 같은데, 아무래도 턱없이 부족한 모양입니다. 그래서 현상금으로 받은 돈 중에 일부를 여관 주인에게 드리려고 합니다."

"콜록! 켁… 뭐? 정말?"

마무사는 사레가 걸린 듯 몇 번이나 기침을 하며 말했다.

"진짜 주려고? 당신, 사람이 너무 좋은 거 아냐?"

"필요한 돈이 필요한 곳으로 가는 것뿐입니다. 나중에 조용히 자리만 주선해 주세요."

"그렇다면야… 뭐, 좋아. 사실 나도 좀 꺼림칙하긴 했어. 당신들을 소개해 준 게 나니까. 몇백 씰 정도는 주는 것도 괜찮겠지."

마무사는 납득한 듯 고개를 끄덕였다.

하지만 내가 여관 주인에게 줄 돈은 3,000씰이다.

이 말을 들으면 마무사는 눈이 뒤집힐지도 모른다.

아무리 8,000씰이 넘는 돈을 현상금으로 받았다 해도, 3,000씰은 결코 적은 돈이 아니다.

특히 우리처럼 완전히 새로운 세계에 자리를 잡으려는 사람들에겐 더더욱 그랬다.

'심지어 오늘 2,000씰을 써버릴 예정이니 더더욱 그렇지.'

나는 심호흡을 하며 마음을 가다듬었다.

이 돈은 단순히 인정이나 죄책감 때문에 주는 것이 아니다.

최근 며칠 동안 우리들은 뱅가드라는 도시가 얼마나 소문이 빠르게 퍼지는 곳인지 경험했다.

고작 며칠 동안 샌드 웜의 이빨 수십 개를 팔았고, 테러리스트의 습격을 받았으며, 심지어 그들을 몽땅 해치워 버렸다.

거기에 네크로맨서 클랜에 기웃거렸고, 밸런스 소드 클랜을 찾아 한 번에 네 명을 입문시켰다.

모르긴 몰라도 우리들은 지금 이곳 27번 구역에서 가장 뜨거운 이슈거리일 것이다.

그렇다면 반대로 눈에 띄는 선행을 하며 좋은 쪽으로 소문을 퍼뜨리는 것이 필요했다.

일단 '좋은 놈들'이라는 인식이 퍼져야 한다.

그다음엔 무슨 일을 해도 좋은 쪽으로 받아들여질 가능성이 높으니까.

돈이야 벌면 그만이다. 다시 사막에 나가 기존의 방식으로 샌드 웜을 잡으면 된다.

아니면 다른 방식으로라도…….

"마무사, 그러고 보니 뱅가드의 투기장에서 챔피언이 되려면 어떻게 해야 합니까?"

나는 어젯밤에 확인한 새로운 퀘스트를 떠올리며 물었다.

마무사는 놀란 눈으로 펄쩍 뛰며 되물었다.

"뭐? 챔피언?"

"네, 챔피언요."

"당신, 설마… 무투사가 되려고?"

"어쩌면 그럴 수도 있습니다. 당신도 무투사가 된다고 하셨죠? 자세히 좀 알려주십시오."

"알려주는 거야 어렵지 않은데……."

마무사는 골치 아프다는 얼굴로 쩝쩝거렸다.

"뭐, 나야 상관없으려나? 어차피 나는 영원히 제1체급으로 뛸 거니까."

"제1체급이 뭡니까?"

"말 그대로 체급이야. 지구의 격투기는 체중으로 등급을 구분해서 싸우잖아? 우리도 비슷해. 1단계 오러 유저랑 3단계 오러 유저랑 싸움이 되겠어? 그래서 체급을 나눠놓고 같은 체급끼리 시합을 벌이는 거야."

"아… 그렇군요. 그럼 제1체급은 1단계 오러 유저입니까?"

"맞아. 약해서 재미없을 거 같지? 하지만 싸움은 진흙탕 개싸움이 제일 재밌다고 하잖아? 그래서 제1체급도 나름 인기가 있어. 그러고 보니 여관이 불타던 밤에 보니까… 당신은 3단계 오러 유저지? 그러면 당신은 제3체급이야. 가장 힘겨운 체급이라고."

"3단계 오러 유저가 그렇게 많습니까?"

"아니, 제일 적어. 등록된 선수가 말이야. 나 같으면 안 하고 말 거 같은데, 후후후……."

마무사는 의미심장하게 웃었다. 나는 그의 말뜻을 금방 알아채고 고개를 끄덕였다.

"그렇군요. 제3체급에 강력한 챔피언이 있는 모양입니다?"

"맞아. 그 녀석 때문에 시합 자체가 잘 성사가 안 돼. 나중에 그 녀석 시합이 잡히면 같이 투기장이라도 갈래? 물론 입장권은 당신이 사고 말이야."

"그 녀석, 아니, 그 챔피언의 이름이 뭡니까?"

"스컬킹. 심지어 뒤쪽 세계 인물이야."

"뒤쪽 세계?"

"뒤가 구린 세계 말이야. 도박이나 약물… 이크, 길거리에서 이런 말 하고 다니다가 큰일 나지."

마무사는 손으로 입을 가리며 호들갑을 떨었다. 나는 쓴웃음을 지으며 천천히 고개를 저었다.

역시 인간이 사는 곳이라면 어디든 비슷한 것 같았다. 좋은 것도, 나쁜 것도…….

"아, 여기야."

마무사는 고작 10여 분을 걷고는 인파로 북적이는 건물을 가리켰다.

나는 눈살을 찌푸리며 물었다.

"뭡니까, 저건? 저는 내곽 도시에 있는 각인당까지 안내를 부탁드렸습니다만? 여기서 최소한 두 시간은 걸어가야 한다고 하지 않았습니까?"

"그래. 그러니까 미쳤다고 왕복 네 시간을 걸어가겠어?"

마무사는 윙크를 하며 건물을 향해 걸어갔다.

"지구 촌놈은 나만 잘 따라오라고. 저게 바로 '텔레포트 게이트'니까."

"텔레포트요?"

내가 그 단어에서 가장 먼저 떠올린 것은 커티스였다.

'커티스 같은 텔레포트 능력자가 먼 곳까지 이동시켜 주는 건가? 하지만 커티스는 다른 사람과 함께 텔레포트를 쓰면 10미터가 한계라고 했는데…….'

그사이, 마무사는 건물의 정면에 있는 매표소에서 표 두 장을 사고는 실실거리며 인파의 중심을 가리켰다.

"이런 거 처음 보지? 저쪽에 텔레포트 게이트가 있어. 저걸 쓰면 한 방에 내곽 도시의 성문까지 갈 수 있다고."

"걸어서 두 시간 거리를 말입니까?"

"그보다 훨씬 먼 곳도 갈 수 있다고. 내곽 도시를 들어가려면 검문을 거쳐야 해서 어쩔 수 없이 성문 앞까지만 가는 거야."

게이트 앞의 줄은 빠르게 줄어들었다. 나는 전생의 20대에 주로 이용했던 버스를 떠올리며 쓴웃음을 지었다.

'판타지 차원 주제에 도로에 말이나 마차 같은 게 안 보인다 했더니… 오히려 지구보다 더 하이테크에 가까운 이동 방법을 사용하고 있었군.'

"좋아. 우리 차례네. 처음이지만 걱정할 필요 없어."

마무사는 게이트 옆에 서 있는 갈색 로브 차림의 남자에게 표를 건네주며 말했다.

"그냥 저 위에 서 있기만 하면 돼."

"이 마법진 같은 문양 위에 말입니까?"

게이트는 바닥에 새겨진 커다란 육망성의 마법진이었다. 마무사는 고개를 끄덕이며 먼저 게이트 위로 걸어갔다.

"맞아. 그러니까 빨리 와."

"…동시에 두 명이 들어가도 됩니까?"

"다섯 명까지 가능해. 뭐 하고 있어? 뒷사람들 기다리잖아?"

그사이 내 뒤로 서른 명이 넘는 사람이 줄을 서서 기다리고 있었다. 나는 경계심과 호기심을 동시에 느끼며 마법진위로 발을 들이밀었다.

*　　*　　*

그러자 순식간에 사방의 풍경이 변했다.

그것은 커티스와 함께 텔레포트를 했을 때와 비슷한 느낌이었다. 마무사는 도착하자마자 즉시 내 팔을 끌고 새로운 마법진 밖으로 걸음을 옮겼다.

"어때? 별거 아니지?"

"…정말 순식간이군요. 대체 원리가 뭡니까?"

"내가 마법사도 아닌데 그걸 어떻게 알겠어? 어쨌든 편리하니까 이용하면 그만이지. 값도 생각보다 저렴하고 말이야. 우리가 있던 27번 구역의 5번 게이트에서 여기 있는 1번 게이트까지 오는 데 딱 50툰이야."

"툰? 툰이 뭡니까?"

"켁, 툰을 몰라? 씰보다 작은 화폐단위가 툰이야. 설마 이거 본 적 없어?"

마무사는 주머니에서 작은 구릿빛 동전을 꺼내 들었다. 나는 아라비아 숫자로 50이라고 새겨진 동전을 보며 고개를 저었다.

"처음 봅니다. 1씰이 몇 툰인가요?"

"100툰. 앞으로 잔돈 쓸 일도 많을 테니 어느 정도는 가지고 다니는 게 좋을 거야. 자, 선물."

마무사는 50툰짜리 동전을 건네주며 고개를 돌렸다.

그곳엔 성벽이 있었다.

그것은 대단히 높은 성벽이었다.

고작해야 2미터 정도인 도시의 외곽 성벽과는 달리, 내곽을 구분하는 성벽의 높이는 최소한 10미터를 훌쩍 넘어 보였다.

당연히 성문의 경비도 삼엄했다.

아무런 제지 없이 들어왔던 외곽 성문과는 달리, 수십 명의 경비가 철통같이 지키며 출입하는 사람들의 신원을 철저하게 확인한다.

나는 가볍게 혀를 차며 말했다.

"여기가 내곽 도시를 지키는 성벽이군요. 말씀하신 대로 외곽 성벽과는 비교가 안 되는군요."

"그렇지? 뭐, 그래도 너무 겁먹을 필요는 없어. 검문도 형식적인 거니까. 자, 저쪽에 줄을 서자."

검문이라는 말에 나는 눈에 띄는 치안관을 골라 스캐닝을 했다.

그리고 내가 아는 유일한 치안관인 루덴의 스텟과 비교해 보았다.

'확실히… 이쪽이 루덴보다 강하군. 같은 2단계 오러 유저지만 오러의 최대치와 기본 능력치가 높다. 아무래도 실력이 높은 자들이 내곽 도시 쪽으로 배치되는 거겠지.'

이윽고 우리 차례가 되었다. 나는 마무사에게 들은 대로 가지고 온 나이프를 경비병에게 건네주었다.

경비병이 나이프를 살피며 말했다.

“소지한 무기는 헌터 나이프… 이게 전부입니까?”

“네.”

“알겠습니다. 간단한 몸수색을 하겠습니다.”

경비병은 형식적으로 내 몸을 더듬었다. 그러다 왼쪽 눈을 찌푸리며 펄쩍 뛰었다.

“뭡니까, 이 스텟은! 당장 신분증을 제시해 주십시오!”

분명 스캐닝을 한 것이다. 나는 곧바로 치안관 루덴이 만들어준 27번 구역의 거주증을 내밀었다.

경비병은 한숨을 내쉬며 고개를 저었다.

“휴… 깜짝이야. 오러 유저면 미리 좀 말씀해 주십시오. 이름은 문주한… 특이한 이름이군요. 지구식입니까? 하긴 요즘은 지구식으로 이름을 짓는 경우가 많긴 하지만… 잠시만 기다려 주십시오.”

경비병은 신분증을 들고 돌아가 뒤쪽에 있던 다른 치안관과 상의하기 시작했다.

그러자 치안관이 직접 와서 경례를 붙이며 말했다.

“저는 내곽 C구역을 지키는 치안관 베네드라고 합니다. 실례지만 귀하의 내곽 도시 방문 목적과 방문 기간을 알려주시기 바랍니다.”

“저는 내곽 도시에 있는 중급 각인당을 방문하기 위해 왔습니다. 다른 목적은 없습니다. 늦어도 오늘 저녁이 되기 전에 다시 돌아올 예정입니다."

나는 사실대로 말했다. 치안관은 내 거주증을 잠시 살피다 다시 돌려주며 말했다.

"알겠습니다. 그런데 거주증에 루덴의 서명이 적혀 있군요. 관계가 어떻게 되십니까?"

"저는 27번 구역에서 치안관 루덴의 업무를 돕고 있습니다. 현재 치안서의 관사에 머물고 있으니 문제가 생기면 그쪽으로 찾아오시면 됩니다."

"아, 그렇군요. 그렇다면 당신이……."

치안관은 무언가를 더 말하려다 헛기침을 하며 다시 경례를 붙였다.

"그럼 즐거운 방문되시길 바랍니다. 돌아오실 때도 C구역의 성문을 이용하실 겁니까?"

"네."

"그렇다면 돌아가실 때 불편하시지 않도록 미리 말해놓겠습니다."

"감사합니다. 혹시 루덴 치안관과 무슨 사이라도?"

"루덴은 제 치안 학교 동기입니다."

치안관은 씩 웃으며 헌터 나이프까지 돌려주었다. 나는 고개를 끄덕이며 무사히 내곽 성문을 빠져나갔다.

*　　　*　　　*

내곽 도시는 말 그대로 인산인해였다.

"내곽 도시의 면적은 외곽 도시의 3분의 1도 안 돼. 하지만 유동 인구는 거의 비슷하다고. 그러니까 인구밀도가 장난 아니겠지?"

마무사는 인파로 꽉 찬 거리를 보며 어깨를 으쓱였다. 나는 귀환자와의 전쟁이 시작되기 전의 강남이나 홍대를 떠올리며 감상에 젖었다.

'인간이 이렇게 많다니… 솔직히 보기 좋군.'

인류의 멸망을 끝까지 지켜봤기 때문일까?

아무래도 나는 인간이란 무조건 많은 것이 좋다는 가치관이 생겨 버린 것 같다.

하지만 마무사는 사람이 너무 많아서 괴로운 것 같았다. 그는 빽빽한 사람들을 힘겹게 제치며 나를 중급 각인당까지 안내하기 시작했다.

*　　　*　　　*

중급 언어의 각인을 받는 과정은 간단했다.

각인당에서 돈을 지불하고 안쪽의 방으로 들어간다.

그곳에 있는 각인사가 내 등에 양손을 대고 기도문을 읊

는다.

그러면 푸르스름한 기운이 내 몸을 휘감고, 곧바로 사라진다.

그걸로 끝이다.

하지만 간단한 과정에 비해 결과물은 매우 드라마틱했다.

각인당에는 서로 다른 언어로 적힌 다섯 권의 책이 비치되어 있었다.

나는 즉석에서 모든 책을 읽었다. 그리고 종이와 펜을 빌려 서로 다른 다섯 개의 문자로 내 이름과 간단한 문장을 쓰기 시작했다.

그러자 카운터의 직원이 활짝 웃으며 말했다.

"축하드립니다. 중급 언어의 각인이 성공적으로 새겨졌네요. 지금부터 세상의 모든 문자를 읽고 쓸 수 있습니다. 다만 한 번도 보지 못한 문자를 쓰는 건 불가능합니다."

"일단 한 번은 봐야 쓸 수 있다는 거군요."

나는 아랍어와 비슷한 무시무시한 문자를 필기체로 마구 휘갈기며 감탄했다.

중급 언어의 각인 비용은 마무사가 말한 대로 2,000씰이었다.

화폐의 가치만 생각하면 큰돈이고, 그것으로 얻은 능력을 생각하면 작은 돈이다.

'치안관인 루덴의 월급이 520씰이라고 하니… 대략 2020년 기준으로 1씰 당 1만 원 정도라고 계산하면 될까?'

그렇다면 2,000씰은 2천만 원이다.

만약 2020년의 나에게 2천만 원으로 세상의 모든 문자를 한 번에 익힐 수 있는 기회가 주어진다면 나는 사채라도 빌려서 당장 그 돈을 지불했을 것이다.

"그럼 이제 볼일 다 본 건가? 곧바로 숙소로 돌아갈 거야?"

각인당을 나오며 마무사가 물었다. 나는 20씰짜리 은화 다섯 개를 손바닥에서 굴리며 고개를 끄덕였다.

"네. 아니면 가볍게 시내 구경이라도 할까요?"

"에잉, 여긴 인간이 너무 많아서 시내 구경이 아니라 인간 구경밖에 못 해. 그보다 그거, 거스름돈이지?"

중급 각인의 비용은 2,000씰이었지만, 미리 하급 각인을 받은 경우 차액인 100씰을 돌려주었다.

나는 고개를 끄덕이며 은화를 주머니 속에 집어넣었다.

"설마 차액을 돌려줄지는 몰랐습니다. 이곳은 돈과 관련된 건 뭐든지 확실하군요."

"돈만큼은 철저하게 합리적으로 움직이는 게 바로 안티카 왕국의 철칙이야. 그런데 여긴 안 그런 곳도 있는데……."

마무사는 좌우로 눈을 굴리며 조심스럽게 말했다.

"혹시 가보지 않을래? 우리 같이 좀 놀아보자고."

"무슨 소리입니까?"

"이거 말이야, 이거."

마무사는 물결치는 파도처럼 손바닥을 흐느적거렸다.

나는 전혀 이해할 수 없었기 때문에 눈살을 찌푸렸다.

"그게 뭡니까? 혹시 수영장이라도 가자는 겁니까?"

"수영장! 풉… 그건 또 무슨 엉뚱한 소리야?"

마무사는 짧게 뿜으며 말했다.

"도박 말이야, 도박."

"…대체 어떻게 하면 그 제스처와 도박이 같은 뜻으로 연결되는 겁니까?"

"아, 이거? 이건 샌드 웜을 말하는 거야. 샌드 웜 알지? 당신들이 잡은 그 괴물. 여기서 좀 더 가면 그 샌드 웜을 가지고 도박을 하는 지하 도박장이 있어."

아무래도 흐느적거리는 손 모양은 샌드 웜이 움직이는 모습을 흉내 낸 모양이다.

나는 그 거대한 샌드 웜이 도시의 지하에서 움직이는 모습을 떠올리며 고개를 저었다.

"말도 안 돼, 정말입니까? 그 괴물들을 이 대도시의 지하에서 키우고 있다구요?"

"응. 도박 경주용으로 키우지. 물론 새끼지만."

"새끼? 아… 처음 만났을 때 당신이 낚시로 잡고 있던?"

"그래. 설마 미쳤다고 성체를 키우겠어? 아무튼 샌드 웜 경주가 얼마나 재미있다고. 빠르고 화끈해. 어차피 공돈도 생겼는데 한번 가서 놀아보지 않겠어?"

도박에는 관심 없지만 이야기 자체는 흥미로웠다. 마무사는 확답을 듣기도 전에 내 팔을 끌며 도박장이 있는 곳으로 안내하기 시작했다.

* * *

도박장은 중급 각인당에서 두 블록 떨어진 거대한 호텔의 지하에 있었다.

"여긴 내곽 도시에도 손꼽히는 호텔이야. 물론 도박장은 불법이지만, 워낙 관광객도 많이 오고 매출도 높아서 치안관들도 알면서 봐주고 있어."

마무사는 호텔 뒤쪽의 작은 문으로 들어갔다. 안쪽에는 한눈에 봐도 가드로 보이는 두 명의 떡대가 지하로 들어가는 계단을 지키고 있었다.

나는 쓴웃음을 지으며 물었다.

"하루하루 힘겹게 일해서 먹고사신다면서 이런 곳에 자주 오는 모양입니다?"

"헹, 그럴 리가. 여긴 최소 100씰을 가져오지 않으면 들여보내 주지도 않는다고. 처음 뱅가드에 왔을 때 딱 한 번 와봤어."

"결과는요?"

"싹 날렸지. 아, 저 형씨들에게 돈주머니 좀 보여줘."

나는 계단을 지키는 떡대들에게 돈주머니를 보여주었다. 두 남자는 군소리 없이 좌우로 비키며 길을 열었다.

"크크, 재밌을 거야. 외곽 도시의 도박장은 규모가 작아서 여기처럼 샌드 웜 레이스가 없거든."

마무사는 양손을 비비며 계단을 내려갔다. 나는 허리에 차고 있는 나이프를 의식하며 말했다.

"이곳은 무기를 압수하지 않습니까?"

"무기? 상관없어. 무기를 들고 간다고 저 아래서 설칠 수 있는 사람은 거의 없으니까."

"어째서 그렇습니까?"

"이 호텔 주인이 뱅가드의 투기장 주인이거든. 강력한 무투사를 고용해서 도박장의 경비로 두고 있어. 그러니까 절대로 날뛸 생각은 하지 마. 당신 성격에 그럴 일도 없겠지만."

"당연히 그럴 생각은 없습니다."

나는 가볍게 웃으며 고개를 끄덕였다.

그렇게 우리는 뱅가드에서 가장 크다는 지하 도박장에 발을 들여놓았다.

도박장의 첫 인상은 경이로움이었다.

'대단하군…….'

나는 주변을 살피며 감탄했다.

도박장의 규모나 화려한 인테리어, 다양한 게임을 즐기고 있는 수백 명의 인간 때문에 감탄한 건 아니었다.

내가 감탄한 것은 곳곳에 서 있는 오러 유저 때문이었다.

당장 내 시야에만 열 명의 오러 유저가 직접 오러를 내뿜으며 주변을 경계하고 있다.

'2단계 오러 유저가 8명… 심지어 3단계도 있다. 어쩌면 소드 익스퍼트도 있는 게 아닐까?'

그들은 쉴 새 없이 오러를 발동하고, 다시 거두기를 반복하고 있었다.

분명 허튼짓을 하지 말라는 무언의 압력일 것이다.

재밌는 건 손님들의 분위기였다.

그들은 바로 옆에서 강력한 오러 유저가 오러를 내뿜고 있음에도 불구하고, 전혀 개의치 않고 도박에 푹 빠져 있었다.

마무사가 어깨를 으쓱이며 말했다.

"봤지? 여기서 난동을 부리려면 최소한 소드 익스퍼트쯤은 돼야 하지 않겠어? 하지만 그런 분들은 어지간해선 여기 안 오겠지?"

"과연… 그렇군요."

"트러블 없이 조용히 놀다 가기엔 최고야. 자, 그럼 돈부터 바꿔보자고."

마무사는 희희낙락하며 환전소로 이동했다. 나는 그의 안내에 따라 100씰을 칩으로 교환했다.

확실히 시스템까지도 지구의 도박 시설을 그대로 차용한 것 같다. 나는 사방의 벽에 걸려 있는 거대한 크기의 차원경을 보며 내심 감탄했다.

쏴아아아아아아……

차원경이 보여주고 있는 것은 거대한 폭포였다.

분명 지구의 어딘가에 있는 폭포일 것이다. 나는 한동안 그 멋진 장관을 넋을 잃고 바라보았다.

"뭐 해? 아, 멋지지? 이 정도 크기의 차원경이면 뭐가 나오든 상관없이 3,000씰은 할 거야. 자자, 그래도 여기까지 왔으니까 구경보단 도박을 하자고. 샌드 웜 경주가 최고 중에 최고야."

마무사는 도박장의 중심부로 날 잡아끌었다.

이곳엔 정체불명의 다양한 도박 시설이 존재했다.

그중에 압권은 중심부에 설치된 거대한 '샌드 웜 경주장'이었다.

경주장은 위에서 내려다볼 수 있도록 지면 아래를 파서 만들어진 형태였다.

그리고 마침 경주가 시작되고 있었다.

팔뚝만 한 크기의 샌드 웜 여덟 마리가 각자의 독립된 레일을 따라 30미터쯤 되는 경주장을 열심히 기어가고 있다.

"달려! 달리라고, 이 굼벵아!"

"3번, 파이팅! 달려! 너한테 전 재산을 다 걸었다고!"

"6번이야! 이번엔 6번이라고!"

"미친붉은뱀! 이번에도 너만 믿는다!"

수백 명의 인간이 경주장을 둘러싸고 환호성을 지르기 시작했다. 마무사는 내 귀에 얼굴을 들이밀며 속삭이듯 말했다.

"어때? 재밌겠지?"

"하하… 네, 재밌군요."

"저쪽에 지하로 가면 다음 경주할 샌드 웜들을 직접 보고 판단할 수 있어."

"직접 보고 상태를 판단해서 돈을 거는 겁니까?"

"맞아. 보는 눈이 있으면 큰돈을 딸 수 있다고. 당신은 직접 사냥해 봤지? 뭔가 아는 거 없어?"

있을 리가 없다.

그보다 내 마음을 끄는 것은 이 도박의 시스템이었다. 나는 사심이 꿈틀거리는 걸 느끼며 생각했다.

'만약 이 도박이 정말로 주최 측의 조작이 들어 있지 않는 순수한 경주라면 난 그야말로 손쉽게 대량의 돈을 딸 수 있을지 모른다. 물론 내 초월 능력을 활용해서.'

한 가지 문제가 있다면 그것을 실행해야 할 내 스스로의 거부감이었다.

'그런데 진짜 이만 일로 초월 능력을 써도 되는 걸까?'

초월 능력을 쓴다는 건, 즉 자살을 한다는 말이다.

지금까지는 수련 도중의 부작용이나 적의 공격에 의해 어쩔 수 없이 죽음을 맞이했다.

하지만 활용에 따라선 이런 상황에도 응용할 수 있다.

물론 대단히 불쾌한 일이 될 것이다. 나는 본능적인 거부감을 애써 참으며 마무사에게 물었다.

"경주가 시작하기 전에만 돈을 걸면 되는 건가요?"

"맞아. 경주가 시작되기 3분 전에 마감이야."

3분이라면 충분하다.

실제로 샌드 웜 경주 자체는 약 20초 만에 끝났다.

그렇다면 경기 결과를 알고 즉시 자살하면 된다. 나는 잠시 고민하다 다시 물었다.

"한 번에 걸 수 있는 돈의 한도는 얼마입니까?"

"한도? 그건 잘 모르겠는데? 직접 물어보지, 뭐."

마무사는 근처에 있는 카운터를 향해 움직였다.

나는 마음이 초조해지는 것을 느끼며 그가 돌아오는 것을 기다렸다.

"최대 3,000씰이래. 근데 아무리 갑부라도 한번 노는 데 그만큼 걸겠어?"

"그럼 이겼을 경우에 배당금은 어떻게 됩니까?"

"보통 일곱 배 아닐까? 그때그때 걸려 있는 돈에 따라 다르겠지?"

무조건 정해진 배수의 돈을 지급하는 건 아닌 모양이다. 나는 고개를 끄덕이며 중얼거렸다.

"오늘은 2,500씰만 가지고 나와서 남은 돈이 얼마 없군요……."

"그래도 없던 100씰이 생겼잖아? 그러니까 가볍게 놀자고. 괜찮으면 칩 하나만 주지 않겠어? 나도 딱 한 번만 걸어볼게. 따면 갚을 테니까, 응?"

"네, 알겠습니다."

나는 마무사의 손에 10씰짜리 칩 하나를 건네주었다.

그러고 나서 나는 남은 현금 500씰 전부를 칩으로 바꿔 버렸다.

*　　　*　　　*

최대한 빠르고 확실하게 죽는 방법은 뭘까?

물론 심장이다.

머리에 총알을 맞고도 뇌사 상태로 생존한 사람에 대한 이야기는 들었어도 심장에 구멍이 뚫리고 살아남은 사람에 대한 이야기는 들어보지 못했다.

문제가 있다면 내 몸의 내구력이 너무 높다는 것.

단숨에 흉곽을 뚫고 나이프를 심장까지 찔러 넣으려면 엄청난 힘과 기술이 필요하다.

그리고 담력도.

다행스럽게도 나는 그 세 가지를 전부 가지고 있었다.

'어제 오러 스킬을 배워둔 게 천만다행이군.'

나는 먼저 오러를 발동시킨 다음, 나이프를 쥔 양손을 제외한 다른 모든 곳의 오러를 약화시켰다.

그리고 움직일 수 있는 모든 오러를 양손에 집중했다.

우우우우우우웅!

덕분에 나이프의 칼날에 엄청난 기세의 오러 소드가 완성되었다.

"꺄아아아악!"

"뭐야, 당신!"

"이 사람, 칼을 뽑았어."

"꼼짝 마! 허튼짓하지 마라!"

사방에서 비명 소리가 들리고, 이변을 눈치챈 경비들이 칼을 뽑아 들고 달려왔다.

하지만 상관없었다. 나는 거꾸로 쥔 나이프를 즉시 심장에 쑤셔 박았다.

콰직!

소름 끼치는 통증이 온몸으로 퍼져 나갔다.

아무래도 오러 소드가 너무 강했던 모양이다.

푸확!

관통당한 등 쪽으로 피 분수가 뿜어 나오는 게 느껴진다.

나는 그대로 앞으로 고꾸라졌다.

서서히 사라지는 의식 저편으로 옆에 있던 마무사의 절규가 흐릿하게 울렸다.

"안 돼애애애애애애! 당신 뭐 하는 거야! 미쳤어? 도박에서 잃었다고 자살할 필요까진 없잖아!"

*　　*　　*

결론적으로 나는 딱 두 번의 샌드 웜 경주에서 승리했다.

처음에는 590씰을 걸고 승리하여 5.5배의 배당금인 3,422씰을 받았다.

그다음은 한 번에 걸 수 있는 최대 금액인 3,000씰을 걸어, 4.0배의 배당금인 12,000씰을 받았다.

배당금이 줄어든 건 내가 한곳에 너무 많은 돈을 걸었기 때문이다.

어쨌든 내 돈주머니에 무려 12,422씰이라는 거금이 생겼다.

거기에 또 하나 얻은 것이 있다면 눈앞에 떠오른 '3'이라는 붉은색의 숫자였다.

'이 정도면 충분하겠지.'

나는 연이은 대승으로 흥분한 마무사를 다독이며 도박장을 빠져나왔다.

"대단해! 당신 진짜 승부사구나! 이런 승부사는 처음 봤어! 세상에 이럴 수가! 대체 비법이 뭐야? 아무튼 당신 최고라고!"

마무사는 나를 도박의 신으로 숭배하며 미친 듯이 환호했다.

하지만 내 머릿속에 남은 것은 두 번이나 반복된 자살 순간의 고통이었다. 나는 애써 웃음을 지으며 지상으로 올라가는 계단에 발을 내디뎠다.

그때, 뒤에서 누군가 날 붙잡았다.

"어이, 젊은 형님이 오늘 운이 아주 좋았나 봐?"

뒤를 돌아보자 얼굴이 온통 흉터투성이인 남자가 웃고 있었다.

"히익……."

그러자 마무사가 자지러지듯 옆으로 물러났다.

나는 우물거리는 그의 입 모양으로 남자의 정체를 파악할 수 있었다.

'스컬킹? 이자가 그 투기장 3체급의 챔피언이라는 스컬킹인가?'

나는 차분하게 웃으며 고개를 끄덕였다.

"네. 오늘 정말 운이 좋았던 모양입니다. 그런데 형님이라니 어색하군요. 당신이 저보다 나이가 훨씬 많으신 것 같은데요."

"나이? 그딴 건 돈 많은 놈이 장땡이야. 돈 가진 놈이 형님이라고. 안 그래? 큭큭……."

스컬킹은 대놓고 왼쪽 눈을 찌푸리며 말했다.

"오! 강력하군. 세상에, 이 정신력 보소? 대단해. 아무튼 오러 스텟이 281이라… 큭큭큭! 3단계 오러 유저라니 딱 좋아!"

"뭐가 그렇게 좋습니까?"

"그런 게 있어. 그럼 내 소개부터 해야겠군. 난 핀이다. 이 도박장의 매니저 겸 경비대장을 맡고 있지."

"저는 주한이라고 합니다. 만나서 반갑습니다, 핀."

"그리고 닉네임은 스컬킹이야. 혹시 들어는 봤나, 투기장이라고?"

"투기장요?"

나는 시치미를 떼며 물었다. 스컬킹은 인상을 구기며 고개를 끄덕였다.

"그래, 투기장. 사실 내 본업은 그쪽인데… 요즘 하도 상대가 없어서 말이야. 그래서 제안을 하나 하도록 하지. 너, 거기 등록해서 나랑 한판 붙자."

"네?"

나는 눈을 깜빡였다.

스컬킹은 아기의 손목 굵기만 한 손가락으로 내 가슴을 툭툭 찌르기 시작했다.

"어이, 말귀를 못 알아듣나? 와서 나랑 한판 붙자고!"

"저는 그 투기장이란 곳의 선수가 아닙니다만."

"그런 건 아무래도 상관없어. 선수 등록이야 내가 오케이하면 다 허락해 주니까."

"제의는 감사합니다. 하지만 어째서 제가 당신과 한판 붙어야 합니까?"

나는 벽에 붙은 마무사를 돌아보며 물었다. 그는 완전히 겁에 질린 채 와들와들 떨고 있었다.

스컬킹은 코웃음을 치며 말했다.

"안 그러면 내 체면이 말이 아니니까. 내가 관리하는 도박장에서 어떤 놈이 사기를 쳤는데, 그걸 잡아내지 못했다고 소문이 나면 어쩌겠어?"

"전 사기를 치지 않았습니다."

나는 포커페이스를 유지하며 고개를 저었다.

물론 내가 사기를 치긴 쳤다.

하지만 내가 친 사기는 세상에 그 어떤 인간도 밝혀낼 수 없는 초월적인 사기였다. 스컬킹은 내게 몸을 바짝 붙이며 눈썹을 꿈틀거리기 시작했다.

"너는 딱 두 번 돈을 걸었어. 그리고 12,000씰을 땄지. 이 세상에 제정신으로 그런 짓을 할 수 있는 인간이 있을까? 당연히 사기를 친 거야. 암, 그렇고말고."

"그렇다면 저도 알고 싶군요. 제가 대체 무슨 사기를 친 겁니까? 저는 그냥 딴 돈을 전부 한곳에 걸었을 뿐인데요."

"……."

스컬킹은 부릅뜬 눈으로 이빨을 으득거렸다.

아무래도 노골적으로 협박을 하려는 모양이다.

나는 어쩐지 우스운 기분을 느끼며 고개를 저었다.

"그것참… 그러니까 뭔가 제가 사기를 친 거 같은데, 그걸 밝혀낼 수 없으니까 대신 투기장에서 혼쭐을 내주겠다, 이겁니까?"

"그래. 말귀가 빠르군."

"만약 거절한다면?"

"그럼 돈을 토해라."

스컬킹은 내가 쥔 거대한 돈주머니를 가리켰다.

"많이는 아니야. 딱 10,000셀만 토해내라. 그러면 봐줄 테니까."

"만약 돈도 안 토하고, 투기장에 출전도 안 한다면?"

"그럼 뭐, 오늘부터 전쟁이지. 크크……."

스컬킹은 비열하게 웃으며 주먹을 우득거렸다.

"바로 오늘부터 네놈은 밤에 잠을 못 자게 될 거다. 우리 애들을 총동원해서 목숨 걸고 귀여워해 주지. 시체라도 남으면 다행으로 여기라고. 기대해도 좋아, 크크크……."

"하하, 그것참 재밌겠군요."

나는 빙긋 웃으며 고개를 끄덕였다.

"좋습니다. 저도 밤에 잠은 자고 싶으니까요. 그 투기장 시합에 나가도록 하죠."

"좋아. 그럼 당장 이 돈주머니를… 뭐?"

스컬킹은 깜짝 놀라며 날 노려보았다.

아무래도 내가 10,000셀을 돌려준다고 기대한 모양이다.

나는 한 발 뒤로 물러나며 말했다.

"그 투기장이란 곳에서 한판 붙도록 하죠. 하지만 오늘 당장은 힘들고, 사흘 뒤가 어떨까요?"

"너, 이 자식……."

스컬킹은 눈을 부라리며 이를 갈았다.

"알고는 있는 거냐? 투기장에선 죽어도 아무 말 못 한다는 거?"

"그런가요? 처음 들었습니다. 아무래도 시합이 격렬한 모양이군요?"

"이거 웃기는 놈일세? 진짜 하려고? 너 후회할 거다. 반드시 후회할 거야."

"그럼 사흘 뒤에 뵙겠습니다."

나는 고개를 끄덕인 다음 몸을 돌려 계단을 올라갔다. 그러자 벽에 기대 있던 마무사가 왁 하고 소리를 내며 내 옆으로 붙었다.

"이봐, 당신! 지금 뭐라고 한 거야! 저게 바로 스컬킹이라고! 3체급 챔피언 말이야!"

"네. 아까 들었던 그 사람이군요."

"그런데 왜 그랬어! 당신, 투기장에서 한 번도 싸워본 적 없잖아! 그런데 어떻게 스컬킹이랑 싸우려고 그래!"

"어차피 언젠가 싸워야 할 상대였으니까요."

나는 새롭게 생긴 다섯 번째 퀘스트를 떠올렸다.

퀘스트5: 뱅가드의 투기장에서 챔피언이 되어라(중급)

'운명의 신은 여기까지 알고 내게 저런 퀘스트를 준 걸까?'

마치 내 의사와 상관없이 누군가 정해놓은 운명에 휘둘리는 느낌이다.

하지만 그럼에도 불구하고, 나는 기분이 상당히 고양되는 것을 느꼈다.

'스컬킹이라… 저런 놈이라면 짓뭉개 버리는 것도 나쁘지 않겠지.'

덕분에 사기를 쳐서 돈을 벌었다는 일말의 죄책감이 눈 녹듯이 사라졌다.

나는 사흘 후를 기대하며 천천히 계단을 올랐다.

• 23장 •

벌꿀과 포션

도박장을 나온 그 순간부터 두 명의 남자가 뒤를 따라붙었다.

'당장 습격하려는 건 아닌 것 같다. 내 정체나 거주지를 파악하기 위한 염탐꾼인가?'

나는 신경 쓰지 않고 마무사에게 물었다.

"혹시 내곽 도시에 선물로 주면 좋은 유명한 음식 같은 게 있습니까?"

"망했어… 분명히 나도 같이 찍혔을 거야. 이제 어떻게… 뭐?"

마무사는 혼이 빠진 얼굴이었다. 나는 쓴웃음을 지으며 다시 말했다.

"선물로 줄 음식요."

"음식인데 선물로 준다고? 아… 과자나 초콜릿 같은 거?"

"네."

"그런 거라면… 유명한 곳이 있지. 비싸지만."

마무사는 혼란스러운 와중에도 가이드의 역할에 충실했다. 그는 내곽 도시의 C구역에서 가장 유명하다는 과자점으로 안내했다.

나는 과자점에서 도합 30씰짜리 선물 세트를 구입한 다음, 그대로 내곽 도시를 나와 숙소로 돌아온 뒤 돈주머니를 내려놓았다. 그리고 곧바로 27번 구역의 밸런스 소드 클랜 도장으로 향했다.

사범인 코르시는 지친 얼굴로 다른 입문자들을 가르치고 있었다.

"아, 주한 님, 어서 오십시오. 오늘은 훈련이 없습니다만……."

"알고 있습니다. 오늘은 물어볼 게 있어 찾아왔습니다. 어제 너무 고생하신 것 같아서 선물도 드릴 겸 해서요."

"오, 감사합니다. 하지만 선물 같은 건… 헛, 이거 혹시 마르시츠의 초콜릿 아닌가요?

코르시는 과자 선물 세트를 받고는 입이 함지박만 하게 벌어졌다. 나는 포장지에 적혀 있는 글자를 읽으며 고개를 끄덕였다.

"그런 모양입니다."

"제가 정말 좋아하는 가게입니다. 내곽 도시에 다녀오신 모양이군요?"

"네. 그런데 사소한 트러블이 있었습니다."

나는 지하 도박장에서 벌어진 일을 간략하게 설명했다. 코르시는 즉시 사범실로 날 데려가며 소리쳤다.

"아니! 대체 어쩌자고 그런 곳에 가셨습니까!"

"마무사가 제발 가자고 해서 잠시 다녀왔습니다."

"마무사……."

코르시는 손으로 이마를 짚으며 고개를 저었다.

"제가 그렇게 말했는데, 아직도 그 취미를 버리지 못한 모양이군요."

"덕분에 돈을 많이 땄습니다. 그보다도 투기장에 대해 알고 싶습니다. 그리고 그 스컬킹이란 남자에 대해서도요. 혹시 알고 계십니까?"

"마무사가 말해주지 않던가요? 스컬킹은 골치 아픈 인간입니다."

"투기장 3체급의 챔피언이란 이야기는 들었습니다."

"단순한 무투가라면 상관없지만… 후, 일단 좀 먹으면서 말해야 할 것 같군요."

코르시는 곧바로 과자 상자를 뜯어 접시에 덜기 시작했다.

"어제 주한 님의 수련을 도운 이후로 힘이 쭉 빠졌습니다. 마침 단것이 먹고 싶었는데 제 마음을 읽으셨나 보군요."

"저 때문에 고생하셨으니까요. 그러고 보니 어제 돌아가는 길에 오러 스텟의 최대치가 300을 찍었습니다."

"네?"

코르시는 초콜릿이 묻은 과자를 먹다 말고 눈을 부릅떴다.

"정말입니까? 어제 하루 수련했는데요?"

"저도 놀랐습니다. 기본 스텟이 더 올라갔으니 확실합니다."

"그 무슨 말도 안 되는… 벽을 넘는 데 걸리는 시간은 최소 6개월입니다. 몇 년 동안 고생하다 수련을 포기하는 사람들도 있습니다. 이런 건 듣도 보도 못한… 음, 잠시 실례하겠습니다."

코르시는 양해를 구한 다음 스캐닝으로 내 몸을 살폈다.

"어… 정말 기본 스텟이 올라간 것 같군요. 확실하진 않지만… 다른 건 몰라도 저번에 스캐닝했을 때보다 항마력이 높아진 것 같습니다."

나처럼 스텟의 최대치가 보이지 않기 때문에 단번에 구분하는 건 어려울 것이다.

나는 과자를 하나 집어 먹으며 고개를 끄덕였다.

"저는 느낌이 왔으니까 확실합니다. 레벨 업을 했죠."

"레벨 업이요?"

"오러 스텟이 25 단위를 넘을 때마다 강해지지 않습니까? 저는 그걸 레벨 업이라고 부릅니다."

"아… 그렇군요."

코르시는 이해했다는 듯 고개를 끄덕였다.

"레벨 업이라. 이해하기 쉬운 개념이군요. 하지만 정말 믿기 힘든 이야기입니다."

"레벨 업요?"

"아니, 당신 말입니다. 하지만 당장 어제만 해도 몇 분 만에 오러 스킬을 배우셨으니… 이것도 불가능한 일은 아니겠죠. 그럼 더 이상 도장에는 나오지 않으실 겁니까?"

나는 고개를 저으며 말했다.

"아직 사범님께 배울 게 많이 있습니다. 당분간은 명상을 제외하고 어제처럼 훈련을 더 할 생각이기도 하구요."

"저는 더 이상 가르칠 게 없는 것 같습니다만……."

코르시는 쓴웃음을 지으며 과자를 계속해서 집어 먹었다.

확실히 달고 맛있는 과자였다.

일반적으로 생각하는 가볍고 바삭한 과자의 식감은 아니었다. 대신 매우 녹진하고, 기름지며, 열량이 높을 듯한 과자의 표면에 달콤한 초콜릿이 잔뜩 발라져 있었다.

이런 걸 지쳤을 때 먹으면 말 그대로 몸에 스며드는 것처럼 느껴진다.

코르시는 손가락만 한 크기의 과자 다섯 개를 순식간에 해치운 다음 한숨을 내쉬었다.

"알겠습니다. 일단 월비를 받았으니 한 달 동안은 책임을 지도록 하겠습니다. 하지만 그다음은 내곽 도시에 있는 상급 지부로 가시는 게 좋을 것 같군요."

"상급 지부는 뭔가 다릅니까?"

"그곳엔 저보다 뛰어난 사범님들이 많이 계십니다. 이미 주한 님은 제가 감당할 수 없는 곳으로 가버리신 것 같으니… 그래도 일단 제가 할 수 있는 일은 해야겠죠. 우선 좀 전에 물어보신 것부터 대답해 드리겠습니다."

코르시는 물 컵에 식은 차를 따르며 말했다.

"스컬킹은 유명한 인물입니다. 알고 계신 대로 뱅가드의 투기장 3체급 챔피언이고, 암흑세계에도 여러 가지로 악명이 높습니다."

"도박장의 가드를 맡고 있다던가?"

"거기서 협박을 받은 게 주한 님뿐이 아닙니다. 도박장에서 운 좋게 많은 돈을 따고 나중에 협박에 못 이겨 돌려준 사람들의 이야기가 많습니다. 심지어 불구가 되거나 시체로 발견된 경우도 있죠."

나는 흉터투성이인 스컬킹의 얼굴을 떠올리며 고개를 끄덕였다.

"과연, 그렇군요."

"하지만 주한 님이 알고 싶은 건 그런 것보다는 그자의 실력이겠죠. 음, 간단히 말해서 스컬킹은 3단계 오러 유저의 정점에 오른 존재입니다."

"오러 스텟이 349란 말인가요? 350이 되면 소드 익스퍼트로 각성할 테니까?"

"그렇습니다. 문제는 그 349라는 스텟이 스컬킹의 오러 한계라는 점입니다."

코르시의 표정이 대단히 심각했다.

나는 잠시 생각하다 물었다.

"한계라면 제가 겪은 '벽'과 같은 말입니까?"

"한계와 벽은 다릅니다."

코르시는 고개를 저었다.

"벽은 일시적인 중단 현상입니다. 본인이 원인을 찾아내서 부단히 노력하면 언젠가 벽을 넘어 보다 높은 단계로 올라갈 수 있습니다. 하지만 한계는… 말 그대로 한계입니다. 무슨 짓을 해도 거기서 더 오르지 않습니다."

그것은 처음 듣는 이야기였다. 나는 일말의 불안감을 느끼며 다시 물었다.

"그럼 벽과 한계를 어떻게 구분합니까?"

"벽은 공통적인 특징이 있습니다. 벽에 부딪힌 이후로 잘못된 수련을 하면 두통이나 몸살이 생깁니다. 고열에 시달린다든가, 악몽을 꾼다든가… 그리고 오러가 50 단위로 끊기기 때문에 구분도 쉽습니다. 오러 스텟이 99이거나, 149이거나, 주한 님처럼 299이거나, 보통 거기서 멈추기 때문에 쉽게 구분할 수 있죠. 그런데 한계는 정해진 스텟이 없습니다."

코르시는 어깨를 으쓱이며 말을 이었다.

"70일 수도 있고, 124일 수도 있고, 225일 수도 있습니다.

그건 아무도 몰라요. 실제로 가봐야 알 수 있습니다."

"그런데 스컬킹은 하필 그게 349였다?"

"네. 처음에는 그도 한계가 아닌 벽으로 느꼈을지도 모르겠군요. 어쨌든 '투기장'과 같은 특수한 공간에서 그의 한계는 축복이나 마찬가지입니다. 같은 3단계 오러 유저라 해도 스텟이 250인 것과 349인 건 엄청난 차이니까요."

"그러니까 스컬킹은 오러 스텟이 349에서 멈춰 버린 바람에 3단계 오러 유저 중에서 최강으로 군림할 수 있는 말입니까?"

"그렇습니다. 그리고 투기장에서 치른 다수의 실전 경험이 있죠. 사실 몇 년 전에 저희 클랜의 다른 사범님과 시비가 붙은 적이 있었습니다. 그 사범님도 상당한 강자였는데, 제가 볼 때 스컬킹에겐 상대가 안 됐습니다."

"그 사범님은 지금 어떻게 되셨습니까?"

"돌아가셨습니다. 그 시합에서요."

코르시는 침울한 표정으로 대답했다.

"스컬킹은 3단계 오러 유저를 발견하면 어떻게든 투기장으로 끌어들이려 합니다. 흥행을 위해서 말이죠. 그리고 어지간해서는 죽여 버립니다."

"투기장에선 상대를 죽여도 상관없습니까?"

"물론 페널티가 있습니다. 상대가 죽어버리면 이긴 선수라 해도 정해진 대전료를 받지 못합니다. 하지만 상관없죠. 스컬킹은 이미 투기장의 간부니까요. 겉으로는 대전료나 상금을 몰수당해도… 분명 뒤쪽으로 거금을 받고 있을 겁니다.”

“그렇군요. 그런데 페널티는 돈뿐입니까? 살인을 했는데도 국가에서 처벌하지 않습니까?”

“그걸 처벌하기 시작하면 투기장 자체가 유지될 수 없으니까요.”

코르시는 입맛이 쓴 얼굴로 말했다.

“보통 1년에 300시합 정도가 열리고, 그중에 30명 정도가 죽는다고 하죠. 하지만 인기가 너무 높아서… 죽음의 부당함이 묵살되고 있는 겁니다.”

“사망률이 10퍼센트인 격투 시합이라니, 잘도 그런 시스템이 유지되는군요?”

“그러게 말입니다. 저도 특별한 일이 없으면 투기장은 근처에도 얼씬거리지 않습니다. 시스템이 너무 야만적입니다. 하지만… 지금 이 순간에도 전국 각지에서 무투가 지망생들이 몰려오고 있습니다. 마무사처럼 말이죠. 그리고 시합을 보기 위해 안티카 왕국은 물론이고 자유 진영 전역에서 관광객이 몰려옵니다. 이 뱅가드를 떠받고 있는 3대 사업 중 하나라고 할 수 있습니다.”

코르시는 착잡한 표정이었다.

그는 투기장 자체를 별로 좋아하지 않는 듯했다.

하지만 관련된 이야기는 매우 상세히 알고 있었다. 아무래도 무투가를 노리고 뱅가드를 찾아오는 수많은 지망생을 가르치다 보니, 자연스럽게 전문가 수준의 지식을 얻게 된 것 같다.

덕분에 투기장에 대한 많은 것을 알 수 있었다. 그렇게 30분 정도 대화를 나눈 다음, 나는 코르시에게 감사를 표하며 도장을 나와 숙소로 돌아왔다.

* * *

숙소는 파티 분위기였다.

좀 전에 내가 설명도 없이 12,392씰이 들어 있는 거대한 돈주머니를 놓고 나갔기 때문이다.

"오, 주한! 다시 돌아왔군! 근데 대체 이 돈은 뭐지?"

"일단 맥주 한 통 사왔다. 너 오면 뜯으려고 기다리고 있었지."

다들 반갑게 맞아주었다.

분위기를 깨고 싶진 않았지만, 나는 먼저 돈의 출처를 비롯한 자초지종을 설명했다.

분위기는 순식간에 초상집으로 돌변했다.

"아니… 다른 건 다 둘째 치고 말이야."

빅터가 어처구니없다는 얼굴로 말했다.

"그… 스컬킹? 그런 놈을 이길 수 있는 건가? 이야기만 들어보면 같은 체급에서 절대 이길 수 없는 최강자 같은데?"

"이길 수 있습니다."

나는 주저 없이 대답했다.

"상대가 어떤 인간인지 알았기 때문에 저는 수단과 방법을 가리지 않을 생각입니다."

"수단과 방법을 안 가리다니, 시합에서 반칙이라도 쓰겠다는 건가?"

커티스가 조심스레 물었다. 나는 고개를 저으며 설명했다.

"투기장 시합엔 반칙이 없습니다. 그 어떤 무기를 써도 상관없고, 신체의 그 어떤 부위를 공격해도 상관없습니다. 어차피 둘 다 오러 유저니까요."

"클랜 사범에게 들어보니… 아무리 내구력이 강해져도 눈알은 약하다고 하던데?"

"눈알도 오러를 발동시키면 방어가 가능합니다. 그보다 제가 말한 건 시합 내적인 이야기가 아닙니다."

나는 손가락 세 개를 펼치며 말했다.

"앞으로 사흘 동안 저는 수단과 방법을 가리지 않고 소드 익스퍼트가 될 겁니다."

"뭐?"

"바로 어제 오러 스텟 300 찍은 거 아니었나?"

"그럼 사흘 동안 50을 더 높인다고?"

"그게 가능한가? 벽인가 뭔가에 막혀서 느려진 거 아니었어?"

빅터와 도미닉과 스네이크아이가 번갈아가며 당황했다.

나는 고개를 저으며 말했다.

"막혔던 벽은 오러 스텟 300을 찍으며 일단 넘겼습니다. 그렇다고 전처럼 무조건적으로 명상을 통해 오러를 올릴 생각은 아니었습니다. 당장은 속도가 좀 느리더라도 명상을 제외한 방법을 동원해서 균형적인 성장을 계획했습니다. 안 그러면 나중에 다시 벽이 올지 모르니까요. 하지만 그것도 오늘 아침까지의 생각이었습니다. 오늘부터 다시 명상 수련을 재개합니다. 거기에 클랜의 수련도 하고, 다시 사막으로 나가 샌드 웜도 사냥할 겁니다. 그걸 위해 모두가 협조해 주시길 바랍니다."

"물론 협조하지."

빅터는 즉시 고개를 끄덕였다.

"아무래도 사막에서처럼 전시체제로 돌입해야 할 것 같군. 명령만 내리라고."

"감사합니다. 그럼 일단 꿀부터 구해 와주셨으면 합니다."

나는 숙소 구석에 놓여 있는 짐 가방을 바라보며 말했다.

"남은 벌꿀이 다섯 병이었던가요? 당장은 그걸로 수련을 시작하겠습니다. 그동안 여러분들은 시내로 나가 이것과 똑같은 벌꿀을 구해주세요."

"내가 시내에 봐둔 식재료 상점이 있다. 거기 가면 꿀도 구할 수 있을 거야."

스네이크아이가 말했다. 나는 고개를 저으며 설명했다.

"아니, 그냥 꿀은 안 됩니다. 물론 효능이 없진 않겠지만… 수용소에 있을 때 지급받은 꿀은 평범한 꿀이 아닙니다."

"뭐? 그럼 무슨 꿀인데?"

"그러니까… '에오라스'라는 이름을 가진 특별한 꿀입니다. 소모된 정신력과 체력을 빠르게 회복하는 능력이 있습니다. 일종의 마법 도구죠. 그걸 구해다 주세요. 어쩌면 말씀하신 식료품점에 있을지도 모릅니다만… 제 생각에 좀 더 특별한 상점에서 취급할 것 같습니다. 마법 도구와 관련된 곳이라든가 말입니다."

"그건 어렵군. 일단 마무사 녀석부터 불러와야겠어."

빅터가 고개를 끄덕이며 의자에서 일어났다.

"어쨌든 알겠다. 그 에오라스라는 특별한 벌꿀을 구하든가, 혹은 다른 음식이라도 정신력과 체력을 빠르게 회복시킬 수 있는 거라면 뭐든 상관없다, 이 말이지?"

역시 빅터는 눈치가 빨랐다. 나는 고개를 끄덕이며 곧바로 침대 근처의 벽 쪽에 자리를 잡고 앉았다.

그렇게 빅터와 도미닉, 스네이크아이가 벌꿀을 구하러 나갔다. 그러자 침대에 앉아 있던 빅맨이 거구를 일으키며 입을 열었다.

"나는 밖에 나가 문을 지킨다. 중간에 방해받으면 곤란할 테니까. 방문객이 있으면 돌려보내겠다."

"감사합니다. 그렇게 해주십시오."

나는 고개를 끄덕이며 감사를 표했다. 그러자 커티스도 식탁 근처의 의자에 자리를 잡으며 말했다.

"그럼 난 공간 감지 능력으로 주변을 감시하겠다. 누군가 사각에서 건물에 접근하면 보고하도록 하지. 아직 낮이긴 하지만… 그런데 수련 중에 말을 걸어도 되나?"

"안 됩니다. 반드시 제가 수련이 끝났을 때만 보고해 주세요. 하지만 중간에 정말 위험한 것 같으면 먼저 치안 관리서를 찾아가 그쪽에 도움을 요청하시길 바랍니다."

"좋아. 알겠다."

커티스는 고개를 끄덕이며 눈을 감았다.

그러자 램지가 가방에서 마지막 남은 꿀병들을 꺼내 내 앞에 내려놓았다.

"미안하네. 실은… 내가 오전에 한 병 마셔 버렸어. 자네가 알려준 대로 혼자 오러를 수련하다가 왠지 피곤해진 거 같아서 말이야."

"괜찮습니다. 당장은 이걸로도 충분합니다."

눈앞에 놓인 벌꿀은 모두 네 병이었다.

나는 램지를 바라보며 가볍게 웃었다.

"빅터와 다른 분들이 새로운 벌꿀을 구해 올 테니까요. 그런 걸로 사과하실 필요는 없습니다."

"그래도 미안해서… 아무튼 알겠네. 더 이상 방해하면 안 되겠군. 나도 저기 반대편에서 조용히 수련이나 하고 있지."

램지는 내가 앉은 반대편의 벽으로 가 그쪽에 기대앉았다.

그리고 나는 마음을 차분하게 가라앉히며 천천히 주변의

마나를 의식하기 시작했다.

* * *

벽에 막힌 이후로 명상을 통한 오러 수련은 꽤 오랜만이다.

덕분에 처음엔 약간 시행착오가 있었다.

하지만 일단 집중하자, 마치 호흡을 하는 것처럼 자연스럽게 수련을 재개할 수 있었다.

그렇게 30여 분 만에 첫 번째 명상 수련을 끝냈다.

수련은 언제나처럼 치열한 이미지의 컨트롤이었다. 하지만 어째서인지 전보다 좀 더 수월한 느낌도 있었다.

'정신력이 올라서 그런가? 수용소에서 할 때는 한 번 한 번이 필사적이었는데… 지금은 좀 여유가 있군.'

현재 내 정신력은 최대치가 99였다.

회귀 전에는 78이었으므로, 그사이에 21이나 오른 셈이다.

사실 78만 해도 인류의 평균치를 아득히 넘어서는 스텟이었다.

그러던 것이 지금은 인류 연합이 측정했던 모든 천재들 중에서 최대급에 근접하고 있다.

'특별히 머리가 더 좋아진 것 같진 않은데……'

나는 앞에 놓인 벌꿀 한 병을 따 마시며 스스로를 스캐닝했다.

수련 전에 비해 오러 스텟 3이 올랐다.

생각보다 낮은 수치였다.

처음 수련은 언제나 6이나 7의 오러가 올랐다. 그것이 수련을 반복할수록 점점 내려갔던 것이다.

그런데 이젠 시작부터 3밖에 안 올랐다.

'아니, 이 정도면 충분해. 일단 고열이나 근육통 같은 부작용 없이 올랐다는 게 중요하다. 아무래도 오러가 강해졌으니까… 처음처럼 하루에 스텟을 50씩 높일 수는 없겠지.'

나는 수련의 결과에 만족하며 한숨을 돌렸다.

어차피 한 번 수련할 때마다 벌꿀을 두 병씩 마셔야 한다.

그리고 이제 딱 1회 분량의 벌꿀이 남았다.

빅터 일행이 새로운 벌꿀을 구해오지 못하면 수련 자체에 제동이 걸릴 수밖에 없다. 나는 마지막 남은 두 병의 벌꿀을 보며 최악의 경우를 떠올렸다.

'만약 이런 벌꿀을 더 이상 구할 수 없다면… 그냥 평범한 음식을 최대한 먹으면서 정신력을 회복해야 한다. 하지만 그건 한계가 있어. 하루에 한두 번 하는 게 고작이다. 그렇다면 역시 다시 사막에 나가서 샌드 웜만 잔뜩 잡아야 하나? 샌드 웜을 한 마리 잡을 때마다 오러가 얼마나 높아질까?'

고달픈 사막 생활 당시에는 대부분의 오러를 명상을 통해 높였다.

때문에 샌드 웜을 사냥했을 때의 효과를 눈치채지 못했다.

그래도 추측하자면 아주 높진 않을 것이다.

만약 샌드 웜 한 마리를 잡을 때마다 오러의 최대치가 1씩 오른다면 분명 사막에 샌드 웜은 씨가 말라 버렸을 것이다.

'잡으면 잡을수록 막 강해질 테니까. 몬스터를 사냥한다는 헌터들이 엄청나게 강해졌겠지. 물론 샌드 웜 킹 때문에 함부로 사냥할 수는 없지만… 기껏해야 두세 마리 잡을 때마다 오러 스텟이 1 정도 오르는 게 아닐까?'

나는 잠시 생각하다 고개를 저었다.

'아니, 어쩌면 내가 명상만 해서 오러를 높인 탓에 벽에 부딪힌 것처럼 몬스터만 사냥해도 높일 수 있는 오러의 한계가 있을지 모른다. 그렇다면 나 같은 경우엔 좀 더 좋은 효과를 기대할 수 있을지도…….'

한번 생각을 시작하니 멈출 수가 없었다.

나는 고개를 저으며 다시 마음을 가다듬었다. 지금은 일단 눈앞의 수련에 집중하는 게 최선이다.

그렇게 나는 즉시 두 번째 명상 수련 속으로 빠져들었다.

* * *

이상하다.

그것은 수련에 빠져든 직후였다.

무언가 기묘한 감각이 느껴졌다.

나는 마나를 끊임없이 움직이는 에너지라고 이미징하고 있다.

예를 들면 방전되는 전류처럼.

사방으로 뻗어 나가는 노란빛의 미세한 전류가 온 세상에 가득 차 있다고 상상한다.

그리고 호흡을 통해 그것을 체내로 받아들인다.

그런데 바로 그 과정에서 무언가 전과 다른 새로운 것을 느낄 수 있었다.

'이게 뭐지? 단순히 마나뿐만 아니라… 주변의 형태와 윤곽이 보이는데?'

사방에 꽉 차서 끊임없이 움직이는 마나 덕분에 그 마나와 충돌하는 현실의 모든 물체를 느낄 수 있었다.

눈을 감고 있는데도.

그것은 마치 레이다와 비슷한 감각이었다.

마나는 세상의 모든 물체를 자유롭게 뚫고 지나간다.

하지만 가만히 대기 중에 있을 때와 건물의 벽을 지나갈 때는 서로 다른 파장을 가진다.

그리고 지금의 나는 그런 마나의 파장을 감지할 수 있다.

때문에 마나와 상호 작용하는 현실의 존재들 역시 감지할 수 있었다.

특히 반대편 벽에 앉아 있는 램지의 존재가 인상적이다.

나는 호흡을 통해 몸속으로 대량의 마나를 빨아들인다. 하지만 같은 수련을 하고 있는 램지의 몸속으로는 매우 작은 알갱이들이 천천히 빨려 들어가고 있었다.

물론 우리 둘은 재능이나 경험에 차이가 있을 것이다.

하지만 단지 그것 때문이 아니다.

램지의 몸속으로 빨려가는 마나가 자잘한 알갱이인 이유는 바로 대부분의 커다란 덩어리를 내가 빨아들이고 있기 때문이었다.

그것을 느낀 순간, 또 한 번 내 세계가 확장되었다.

내가 수련을 시작한 바로 이 순간, 내 주위로 수백 미터 공간에 존재하는 마나의 흐름이 내 쪽으로 집중되고 있는 것이 느껴진다.

주변에 있는 모든 인간도 미세하게나마 마나를 빨아들이고 있다.

하지만 지금은 내가 압도적이다. 마치 거대한 회오리가 주변의 모든 것을 빨아들이는 것처럼.

심지어 내가 너무 많은 마나를 빨아들인 탓에 일시적이나마 주변에 균일하게 퍼져 있는 마나의 농도가 달라질 지경이었다.

확실한 사실은 본의 아니게 내가 램지의 수련을 방해하고 있다는 것이다.

'다음부터는 램지 씨와 한참 떨어진 장소에서 수련을 해야겠군…….'

하지만 당장은 어쩔 수 없다.

나는 앞으로 사흘 동안 소드 익스퍼트가 되어야 한다.

그것을 위해서 당장은 걸신들린 아귀처럼 주변의 모든 마나를 빨아들여야 한다.

램지에겐 미안하지만…….

* * *

빅터 일행이 돌아온 것은 두 번째 명상 수련이 끝나고 한 시간 정도 지난 후였다.

빅터와 도미닉, 스네이크아이, 심지어 아까 헤어졌던 마무사까지 양손 가득히 짐 바구니를 들고 숙소 안으로 들어왔다.

"어이, 당신? 마르시츠의 과자를 먹더니 대체 입맛이 얼마나 고급이 된 거야?"

마무사는 바구니 속의 꿀병을 꺼내며 툴툴거렸다.

"세상에 에오라스 벌꿀이라니… 그게 얼마나 희귀한 물건인 줄 알아? 그것도 여기 뱅가드에서?"

"역시 비싼 물건입니까?"

"비싸고말고. 이 조그만 거 한 병에 20씰이 넘는다고."

"네? 정말요?"

20씰이라면 전생의 감각으로 20만 원 정도 한다는 것이다. 나는 그동안 먹던 것과 완전히 똑같은 꿀병을 보며 내심 감탄했다.

"나도 구경만 했지 실제로 사본 건 처음이야. 27번 구역에 이걸 취급하는 곳은 딱 한 군데밖에 없다고. 블랑 마법 도구 상회인데… 아무튼 저 형씨들이 닦달을 해서 재고 남은 거 싹싹 긁어 왔어."

마무사가 꺼낸 꿀병의 숫자는 총 40개였다. 나는 그중 하나를 집어 들며 감탄했다.

"그럼 이것만으로 800씰인가요?"

"정확히는 840씰이야. 한 병에 21씰이거든. 아까 도박장에서 돈 많이 따서 막 쓴다, 이거지? 이래서 졸부들이란……."

마무사는 한심하다는 듯 혀를 차며 또 다른 바구니를 집어 들었다.

"그리고 이쪽은 내가 추천하는 거야. 특별히 에오라스 벌꿀을 콕 짚은 건 빠른 체력 회복을 위해서겠지?"

"그보다는 소모된 정신력을 빠르게 회복하기 위해서입니다."

"정신력? 아… 그런 효과도 있지. 근데 정신력이 막 떨어지기도 하나? 당신, 어디 은행에서라도 일해? 거기서 하루 종일 일하면 정신력이 쭉 떨어진다던데."

"뱅가드에 은행이 있습니까?"

"당연히 있지. 물론 당신이 거기 다닐 일은 없겠지만……."

마무사는 테이블 위해 새로운 디자인의 병을 꺼내 올려놓으며 말했다.

"이건 '인테스 벌꿀'이야. 인테스는 내 고향 근처에 있는 지방인데 그쪽 특산품이라고."

"이것도 마시면 정신력이나 체력이 빠르게 회복됩니까?"

"정신력… 은 잘 모르겠는데, 체력 회복되는 건 신성제국 못지않아."

"신성제국요?"

"몰랐어? 에오라스 벌꿀은 신성제국의 특산품이야. 어느 지방에서 생산되는지는 잘 모르겠지만. 아무튼 이거 전부 수입품이라고. 그런데 사막으로는 물건이 오고 가지 못하니까, 이걸 여기까지 수입해 오려면 배로 운반하거나 레비그라스를 반대로 횡단해야 해. 대체 얼마나 많은 수고가 들겠어?"

"…그렇군요."

나는 감탄하며 생각했다.

당연히 에오라스 벌꿀은 신성제국의 특산품일 것이다. 노예들을 먹이기 위해 다른 나라의 꿀까지 수입해다 주진 않았을 테니까.

나는 고개를 끄덕이며 말했다.

"그래서 더 가격이 비싼 거군요. 그럼 에오라스 벌꿀은 신성제국에서는 훨씬 더 싸게 구할 수 있겠군요?"

"아마 그렇겠지? 못해도 3분의 1… 어쩌면 5분의 1도 안 될지도 몰라. 그러니 이제부터 피로 회복용 벌꿀은 인테스를 애용하라고. 값도 싸고 효과도 비슷하니까."

인테스 벌꿀은 병의 디자인도 더 세련되었고, 심지어 병에 '인테스'라는 문자까지 새겨져 있었다.

나는 뚜껑을 열고 손끝으로 가볍게 인테스 벌꿀을 찍어 먹으며 물었다.

"이 꿀은 얼마입니까?"

"병당 2씰. 무려 10배나 싸다고."

"…가격 차가 엄청나군요."

"그렇다니까? 그리고 이쪽은 좀 더 본격적인 것들이야."

마무사는 또 다른 바구니를 집어 들며 말했다.

"저기 있는 새카만 형씨가 다양한 게 필요하다고 닦달을 해서… 일단 포션도 좀 구해왔어."

"포션요?"

"응. 포션 몰라? 지구에는 그런 게 없던가?"

마무사가 꺼낸 것은 콜라병만 한 크기의 밀봉된 유리병이었다.

"아무튼 이제 알아서 해. 사온 물건들의 효능은 저 형씨들도 알고 있으니까. 난 도장으로 돌아갈 거야."

마무사는 포션까지만 꺼내놓고는 뒷걸음을 치기 시작했다. 나는 즉시 고개를 숙이며 감사를 표했다.

"오늘 하루 종일 수고하셨습니다. 감사합니다, 마무사."

"감사는 뭐, 나도 도박장일 때문에 마음이 심란해서… 좀 더 열심히 수련을 해야겠다 싶더라고. 그럼 내일 보자고!"

마무사는 어깨를 으쓱이며 숙소 밖으로 나갔다.

그리고 나는 테이블 위에 가득한 다양한 종류의 물건들을 하나씩 스캐닝하기 시작했다.

이름: 인테스 벌꿀(중급)

종류: 음식

특수 효과: 소모된 체력과 정신력을 회복한다. 소모된 직후에 먹을수록 회복량이 높다. 특히 체력의 회복에 효과적이다.

이름: 체력 포션(하급)

종류: 마법 물약

특수 효과: 소모된 체력을 회복한다.

이름: 정신력 포션(하급)

종류: 마법 물약

특수 효과: 소모된 정신력을 회복한다.

이름: 근력 포션(하급)

종류: 마법 물약

특수 효과: 소모된 근력을 회복한다. 부상으로 인한 근력 저하에는 효과 없음

이름: 회복 포션(하급)

종류: 마법 물약

특수 효과: 가벼운 상처를 치료한다.

인테스 벌꿀은 모두 50병이었고, 포션은 종류별로 열 병씩 들어 있었다.

"포션은 일단 종류별로 열 병씩 사왔다. 괜찮겠지?"

빅터가 조심스레 물었다. 나는 빠르게 고개를 끄덕이며 말했다.

"물론입니다. 근력 포션이나 회복 포션은 당장 필요 없어도 분명히 쓸데가 있을 테니까요. 시합 직전에 먹는다든가… 그런데 이것들은 모두 얼마입니까?"

"병당 15씰. 전부 다 해서 600씰 나왔다."

빅터는 남은 돈주머니를 테이블 구석에 내려놓았다. 2,000씰이 들어 있던 돈주머니는 처음과 비교도 할 수 없을 정도로 홀쭉하게 줄어든 상태였다.

하지만 상관없다. 우리에겐 아직 마음껏 쓸 수 있는 여유 자금이 10,000씰 이상 남아 있으니까.

나는 안티카 왕국 문자로 '하급 정신력 포션'이라고 새겨진 병을 집어 들며 말했다.

"그럼 곧바로 새로운 물건을 테스트해 보겠습니다. 명색이 마법 물약인데 벌꿀보다 효능이 나쁘진 않겠죠?”

* * *

결론만 따지면 효능이 나빴다.

명상 수련의 핵심은 정신력이다.

그래서 부가적인 효과를 빼고, 순수하게 정신력의 회복을 비교할 필요가 있었다.

나는 총 6회의 추가 수련으로 대략적인 회복량을 알아냈다.

에오라스 벌꿀은 한 병당 35에서 40의 정신력이 회복된다.

인테스 벌꿀은 한 병당 10에서 15의 정신력이 회복된다.

그리고 정신력 포션은 정확히 20의 정신력이 회복된다.

물론 단순 비교하면 포션이 인테스 벌꿀보다는 약간 낫다고 할 수 있다.

하지만 포션은 병당 15씰이고, 인테스 벌꿀은 병당 2씰이다.

심지어 가격대 효율만 보면 인테스 벌꿀은 에오라스 벌꿀조차도 압도했다.

‘대체 이 정신력 포션이 존재하는 이유가 뭘까…….’

나는 쓸데없이 내용물만 많은 포션병을 보며 눈살을 찌푸렸다.

“빅터, 혹시 다음에도 정신력과 관련된 마법 도구를 살 일이 생기면 무조건 인테스 벌꿀을 사다 주세요.”

"알았어. 이쪽이 효과가 제일 좋나?"

"가격 대비 성능이 가장 좋습니다. 특히 포션에 비하면요. 그런데 이건 하급이니… 혹시 중급이나 상급 포션도 있는 건가요?"

"있다고 하는데, 우린 구입할 수 없다더군."

"어째서요?"

"중급 포션부터는 허가를 받은 자에게만 판매가 가능하다고 하더라고. 일단 급해서 자세한 이야기는 듣지 못했는데… 얼핏 들으니 '헌터'란 직업으로 인가를 받아야 살 수 있다고 하는 것 같아."

"헌터라, 그렇군요."

테이블 위에는 총 36병의 포션이 놓여 있었다. 나는 그중에 '하급 근력 포션'이라고 새겨진 병을 만지작거리며 고민했다.

'중급 포션부터는 효과가 확 좋아질지도 모르겠군. 하지만 당장은 필요 없다. 일단… 다른 포션들도 한 병씩 마셔볼까? 근력이나 체력이 얼마나 회복되는지 궁금한데…….'

"그런데 오늘만 벌써 일곱 번 수련한 건가?"

빅터가 캄캄해진 창밖을 보며 물었다. 나는 가볍게 정정하며 고개를 끄덕였다.

"여덟 번 했습니다. 정신력이나 체력은 벌꿀과 포션 덕분에 회복됐지만, 그래도 어딘가 묘하게 지치는군요."

"그러고 보니 너무 과도하게 하면 좋지 않다고 했지?"

"그렇습니다."

"그럼 오늘은 이만하고 쉬지. 아무튼 오늘은 오러가 얼마나 올랐나?"

"총 13이 올랐습니다."

"13? 그럼 한 번 수련할 때마다 2도 안 오른 건가?"

나는 고개를 끄덕이며 한숨을 내쉬었다.

3, 2, 2, 2, 1, 1, 1, 1.

이것이 내 여덟 번의 수련 동안 각기 오른 오러의 스텟이다.

물론 올랐다는 것 자체에 의의를 둬야 할 것이다.

하지만 기대보다 떨어지는 건 사실이다. 나는 침대로 이동해 걸터앉으며 말했다.

"내일은 낮에 도장에서 수련을 받고, 밤이 되기 전에 사막으로 나가 샌드 웜을 사냥할 생각입니다. 어쩌면 그쪽이 더 빠르게 오러를 높일 수 있을지도 모르니까요."

"그러면 좋겠군. 어쨌든 벌써 하루가 다 지나갔으니… 그럼 나도 좀 자둬야겠어. 이따가 불침번 교대를 하려면 말이야."

빅터는 건너편에 있는 다른 침대에 누우며 손을 흔들었다. 나 역시 정체불명의 피로감을 느끼며 침대에 몸을 뉘였다.

정신도 피로하지 않고, 육체도 그다지 피로하지 않다.

그럼 지금 나는 대체 무엇이 피로한 걸까?

'아마도 영혼이 피곤한 걸 테지…….'

나는 멀리 테이블에 놓아둔 촛불을 보며 천천히 눈을 감았다.

그리고 눈을 감은 순간, 나는 잊고 있던 중요한 일을 떠올렸다.

'언어의 각인!'

오늘 하루는 정말 정신없이 지나갔다.

그 탓에 처음 목표 자체를 망각하고 있었었다.

내가 아침부터 내곽 도시를 찾은 이유는 도박장에서 돈을 따기 위함이 아니다.

먼저 중급 언어의 각인을 받은 다음, 퀘스트의 보상을 통해 상급으로 높이려는 게 오늘 내 목표의 핵심이었다.

나는 즉시 스텟창을 열었다. 그리고 '성공!'이라고 표시된 여섯 번째 퀘스트에 집중했다.

[퀘스트 성공! 보상을 고르시오.]

[보상은 아래 세 가지 중에 하나를 고를 수 있다.]

[1. 기본 능력의 상승]

[2. 특수 능력의 상승]

[3. 각인 능력의 등급 상승]

새롭게 익힌 각인 능력 때문에 세 번째 보상이 다시 생겼다.

나는 곧바로 3번에 의식을 집중했다.

그러자 문장이 사라지며 새로운 선택문이 나타났다.

[현재 등급을 높일 수 있는 각인 능력은 하나다.]

[1. 언어(중급)]

가지고 있는 각인 능력이 하나밖에 없으니 당연한 선택이다.

나는 언어란 단어에 의식을 집중했다.

그러자 새로운 설명문이 나타났다.

[언어(중급)를 언어(상급)로 등급을 높입니다. 언어의 각인 능력은 '최상급' 등급까지 존재합니다.]

그 순간, 나는 일말의 불안감을 느꼈다.

'저번에 각인 능력을 높였을 때 하늘에서 번개가 떨어졌는데…….'

하지만 한참을 기다려도 그런 조짐은 생기지 않았다.

나는 안도의 한숨을 내쉬며 생각했다.

아무래도 번개가 떨어지는 건 '최상급' 각인 능력을 얻었을 때만 생기는 특수한 현상인 모양이다.

'그런데 상급 언어의 각인은 어떤 효과가 있지? 처음이 언어고, 두 번째가 문자였으니, 세 번째는 상대의 마음이라도 읽을 수 있게 되는 걸까?'

나는 강한 기대감을 가지며 눈을 감았다.

분명 내일 동료들과 대화를 나누면 단박에 효과를 알 수 있을 것이다.

* * *

결론부터 말하면 효과를 알 수 없었다.

아침에 일어나 동료들과 잔뜩 대화를 나눴지만, 딱히 평소와의 차이점을 발견하지 못했다.

기대했던 '마음의 소리' 같은 것은 들리지 않았다.

숙소에 처음부터 놓여 있던 뱅가드의 '치안관 홍보 전단지'를 봐도 마찬가지였다.

문자를 읽는 건 중급 언어의 각인만 되어도 할 수 있는 일이다.

상급이 되었다고 해서 문자의 숨은 뜻이라든가, 문자를 작성한 사람의 심리 상태 같은 것이 보이거나 하진 않았다.

'그럼 대체 상급 언어의 각인은 무슨 장점이 있는 거지?'

잠시 고민하던 나는 일단 스텟창을 열고 그곳에 나열된 각인 능력에 집중했다.

각인: 언어(상급)

그러자 문자가 확장되는 느낌과 함께, 오른쪽으로 새로운 문장이 늘어났다.

[언어(상급) – 언어의 각인의 상급 단계. 인간을 넘어 육체와 의지가 있는 모든 존재와의 소통이 가능하다.]

"뭐?"

나는 자신도 모르게 입으로 소리를 냈다.

그 때문에 숙소에 있던 동료들이 내 쪽을 바라보았다. 나는 별거 아니라는 듯 손사래를 치며 마른침을 삼켰다.

그리고 눈앞의 문장을 몇 번이나 다시 읽었다.

'육체와 의지가 있는 모든 존재라니, 그럼 동물과 소통이 가능하다는 건가?'

나는 없을 줄 알면서도 주위를 살폈다.

당장 창가에 새라도 한 마리 날아간다면 대화를 시도했을 것이다.

하지만 새는 없었다.

숙소도 워낙 깔끔해서 쥐나 벌레도 나오지 않는다.

'물론 벌레도 의지가 있는지는 잘 모르겠지만… 아니, 그보다도 이게 사실이라면 몬스터와 대화가 가능한 건가?'

마침 오늘 저녁에 샌드 웜을 사냥하러 사막으로 나갈 계획이었다.

나는 마음속의 놀라움을 감추며, 태연하게 동료들과 함께 아침 식사를 시작했다.

오늘도 대단히 바쁜 하루가 될 것이다.

물론 하이라이트는 샌드 웜 사냥이겠지만.

• 24장 •

타임 리미트

오러 스텟 1이 추가로 올랐다.

그것은 밸런스 소드 클랜의 뒷마당에서 두 시간에 걸쳐 코르시와 수련한 결과였다.

결과는 아쉬웠지만, 이번에도 일단 올랐다는 것에 의의를 둘 수밖에 없었다.

'현재 내 오러 스텟의 최대치는 314다. 오늘 저녁의 샌드 웜 사냥에서 최소한 15는 높여야 남은 하루 동안 명상 수련으로 350을 찍을 수 있을 텐데…….'

나는 초조함을 느끼며 다양한 상황을 떠올렸다.

최악의 경우는 소드 익스퍼트가 되지 못한 채 스컬킹과 시합을 벌이는 것이다.

그는 평생을 투기장에서 싸웠다고 한다. 같은 등급일 경우, 내가 이길 가능성은 매우 희박했다.

'녀석은 분명히 날 죽이려고 하겠지. 하지만 이 경우엔 초월 능력이 얼마나 도움이 될지 예상하기 힘들다. 시합이 항상 같은 패턴으로 반복될 리가 없어. 물론 사용하는 기술이나 패턴들은 알아낼 수는 있겠지만……'

그나마 반가운 소식이 있다면 클랜에 입문한 동료들이 오러에 첫발을 뗐다는 사실이다.

"대단하군요. 다섯 분 모두 오러 스텟이 발현되었습니다."

수련을 마치고, 녹초가 된 코르시가 동료들을 스캐닝하며 말했다.

"역시 주한 님의 동료라 그런가요? 다들 오러에 대한 적성이 좋은 것 같군요. 입문한 지 사흘 만에 스텟을 발현하다니… 평균적으로 보름 이상은 걸리는데 말이죠."

"그러면 내 오러 스텟이 0에서 1이 되었다는 말씀인가?"

빅터가 자신의 몸을 이리저리 두드리며 물었다. 코르시는 환하게 웃으며 고개를 끄덕였다.

"그렇습니다. 모두 축하드립니다. 진짜 적성이 없는 분들은 석 달 동안 오러 감각 훈련을 해도 발현이 안 되거든요."

"오러 감각 훈련이 뭡니까?"

내가 물었다. 코르시는 설명 대신 주황빛의 오러를 발동시킨 다음, 오른손을 빅터의 등에 살짝 얹었다.

"이게 바로 오러 감각 훈련입니다. 오러를 직접 피부로 느끼며 감각을 깨우는 훈련이죠."

"그냥 손을 대고 있기만 해도 되는 겁니까?"

"물론입니다. 아, 물론 처음에 오러를 발현시킬 때까지만 하는 훈련이니 이젠 필요가 없습니다."

코르시는 손을 떼며 오러를 거뒀다. 빅터는 날 보며 피식 웃었다.

"역시 전문가가 좋다니까? 주한, 너도 방법만 알았다면 우리들에게 해줄 수 있었을 텐데 말이야."

"그러게 말이죠. 저도 사범님에게 많은 것을 배우고 있습니다."

"우리야 이제 시작이지. 그런데 사범, 사흘 동안 오러가 1이 오른 거니까, 앞으로 30일 더 수련하면 10이 오르는 건가?"

"그렇지 않습니다."

코르시는 고개를 저으며 설명했다.

"처음 오러를 발현하면 무조건 오러 스텟이 1로 표시되는 것뿐입니다. 정상적인 속도라면… 그렇군요. 매일매일 수련에 매진하면 보통 2년 정도면 각성합니다."

"2년?"

"보통 그렇다는 말입니다. 여러분들은 오러에 대한 친화력이 좋으니 1년 안에 각성하실 수도 있을지 모릅니다."

“오러 스텟 50을 찍어야 각성하니… 평균적으로 7일에 1씩 오른다는 말이군.”

“평균은 큰 의미가 없습니다. 마무사의 경우가 대표적이겠군요.”

코르시는 도장에서 수련을 하고 있는 다른 수련생들을 둘러보며 말했다.

“마무사가 이곳에 다닌 지도 1년이 지났습니다. 그도 재능이 있는 타입입니다. 사흘에 한 번씩 도장에 나오는데도 수련한 지 6개월 만에 기본 스텟이 상승했으니까요.”

“기본 스텟이 상승했다는 건… 오러 스텟을 25를 찍었다는 말이지?”

“그렇습니다. 하지만 그 후로 6개월 동안 스텟을 3밖에 못 올렸습니다. 이렇게 오러의 성장은 개인차가 큽니다. 여러분들도 당장 눈앞의 스텟에 연연하지 말고 꾸준한 수련과 노력을 기울이시기 바랍니다.”

코르시는 정중하게 인사를 하며 우리들을 도장 밖까지 배웅했다.

우리들은 일단 숙소로 돌아갔다. 그리고 사막에서 하룻밤을 보낼 만반의 준비를 갖추기 시작했다.

* * *

"뭐야, 이거, 내 능력과 똑같잖아?"

텔레포트 게이트를 나온 커티스가 잠시 비틀거리다 균형을 잡았다.

숙소에서 27번 구역의 외곽 성문까지 도보로 걸으면 세 시간가량이 걸린다. 때문에 우리들은 텔레포트 게이트를 사용해 한 번에 이동했다.

물론 나는 어제 사용해 봤기 때문에 익숙했다.

하지만 오늘 처음 접한 다른 동료들은 불안해하며 조심스레 게이트를 빠져나왔다.

샌드 웜 사냥에 따라 나온 동료는 커티스와 빅맨이었다.

"내 능력이 꽤 특별하다고 생각했는데… 이렇게 대중교통으로 활용되는 걸 보면 그것도 아닌 모양이군. 이젠 정말 오러뿐인가?"

커티스가 뒤쪽을 돌아보며 아쉬운 듯 말했다.

'그러고 보니 신성제국의 암살자도 텔레포트를 쓸지 모른다.'

나는 혹시 있을지 모른 텔레포트를 활용한 기습에도 대책을 마련해야겠다고 생각했다.

외곽 성문은 아무런 제지도 검문도 없었다. 근방을 순찰하던 경비병 한 명이 힐끔 쳐다본 다음 다른 곳으로 가버렸다.

그렇게 우리는 며칠 만에 다시 사막으로 돌아갔다.

"아까도 말씀드렸듯이 두 분과 함께 사냥을 나온 건 다 이유가 있습니다."

나는 벌써부터 푹푹 빠지는 모래 위를 걸으며 커티스와 빅맨을 보았다.

"어쨌든 사냥은 저 혼자 하게 될 겁니다. 하지만 사냥 중에 언제든지 위험이 생길 수 있죠. 커티스, 당신은 텔레포트를 쓸 수 있으니 유사시엔 혼자라도 몸을 피해주시기 바랍니다."

"걱정 마라. 지켜주지 않아도 내 몸 하나는 간수할 테니까."

"그리고 빅맨, 당신은 사냥 전에는 최대한 안전한 곳에 있어 주십시오. 그리고 사냥이 끝나면 무조건 샌드 웜의 시체 근처에 대기해 주세요. 여차하면 빠르게 입속으로 들어가서 숨으셔야 합니다."

"알았다. 그리고 샌드 웜의 이빨을 챙긴다. 그게 내 역할이다."

빅맨은 짊어진 커다란 짐 가방을 두드렸다. 나는 고개를 끄덕이며 말했다.

"그리고 기회가 생기면 저주 마법을 샌드 웜에 써주십시오."

"현기증 말인가? 저번에 도망쳐 올 때 몇 번 써봤지만 효과는 없는 것 같았다."

"확실한 건 아니니까요. 일단 쓰고 보는 겁니다. 우다나스도 말하지 않았습니까? 저주 마법은 자주 써야 익숙해진다고 말입니다. 그러니 이런 기회에 훈련을 해두는 게 좋을 겁니다."

대련이 가능한 오러나 허공에 날릴 수 있는 마법과 달리, 현기증 같은 저주 마법은 반드시 실험 대상이 있어야만 쓸 수 있다.

문제는 살아 있는 인간을 상대로 저주를 막 걸 수 없다는 것이다.

빅맨은 알았다는 듯 고개를 끄덕이며 입을 다물었다. 그러자 커티스가 뜨겁게 일렁이는 열사를 노려보며 물었다.

"그래서 오늘은 몇 마리나 잡을 생각이지?"

"오러가 올라가는 걸 보고 정할 생각입니다. 어쨌든 가능한 한 많이 잡아야겠죠."

나는 스톨른상회에서 새로 구입한 장검을 뽑아 들며 말했다.

"사범님의 말로는 한 마리만 잡아도 최대 스텟이 2씩 오른 경우도 있다고 합니다. 물론 그 정도는 아닐 겁니다. 저는 세 마리쯤 잡으면 스텟이 1 정도 오를 거라 예상하고 있습니다."

"그럼 오러 10을 높이기 위해선 30마리를 잡아야 하는군."

"관건은 샌드 웜 킹의 출현입니다. 녀석이 등장하면 숨어서 한 시간은 그냥 날려야 하니까요. 그냥 샌드 웜만 계속해서 나와주길 기원해야겠죠."

나는 장검을 가볍게 휘둘렀다.

코르시와의 훈련 덕분에 검을 다루는 법 자체는 확실히 알았다.

하지만 손에 익은 무기는 아니다. 전생에 군인으로 보낸 수십 년 동안, 내가 주로 사용한 무기는 당연히 총이었다.

나는 웃으며 말했다.

"검이라니… 아무래도 이런 무기는 쉽게 익숙해지질 않는군요."

"동감이다. 자고로 전투에 나설 때는 자동소총과 수류탄 정도는 챙겨야지."

커티스 역시 예비용으로 구입한 헌터 나이프를 꺼내 휘두르며 말했다.

하지만 그도 마찬가지다. 밸런스 소드 클랜에서 수련을 받는 이상, 결국 주력 병기로 검을 다루게 될 운명이었다.

커티스는 내가 쥔 칼을 보며 말했다.

"하지만 어쩔 수 없지. 너도 투기장의 시합에 나이프를 들고 참전할 수는 없을 테니까. 그 스컬킹이란 녀석은 어떤 무기를 사용하지?"

"상황에 따라 다양한 무기를 쓰는 모양입니다. 물론 저는 나이프를 들고도 이길 수 있게 하는 게 목표입니다."

"소드 익스퍼트가 되어서?"

"네. 소드 익스퍼트가 되면 맨손으로도 이길 수 있을 겁니다."

나는 웃으며 걸음을 멈췄다.

"저기 바위 지대가 보이는군요. 두 분은 이쯤에서 기다려 주세요. 저는 바위 지대에 들어가서 샌드 웜을 유인하도록 하겠습니다. 일단 한 마리를 잡으면 그다음부터 함께 움직이도록 하죠."

커티스와 빅맨이 고개를 끄덕였다. 나는 한달음에 바위 지대까지 달려간 다음, 근처의 바위를 두드리며 샌드 웜을 유인하기 시작했다.

*　　　*　　　*

그렇게 10분 정도가 지나자 첫 샌드 웜이 나타났다.

다행히 킹은 아니었다. 나는 사막을 횡단할 때의 기억을 떠올리며 녀석의 이동 경로를 주시했다.

'잡는 것 자체는 어렵지 않아. 마지막으로 사냥했을 때보다 레벨도 올랐고. 하지만 그 전에 테스트 해볼 게 있다.'

푸확!

녀석은 100미터쯤 떨어진 곳에서 모래 위로 솟구쳐 올랐다.

그리고 다시 모래 속으로 파고든 다음, 이번에는 내 앞에서 불과 10미터쯤 떨어진 곳에서 다시 솟아올랐다.

푸화아아아아악!

동시에 커다란 바위들이 사방으로 튀어 나갔다. 나는 내 쪽으로 날아오는 바위를 피하며 샌드 웜을 향해 소리쳤다.

"이봐, 멈춰! 싸우기 전에 일단 대화를 하자!"

내가 소리쳐 놓고도 어색하고 민망해지는 발언이다.

하지만 놀랍게도 효과가 있었다.

솟구쳐 오른 샌드 웜은 다시 모래 속으로 돌아가지 않았다.

대신 코브라처럼 상체를 꼿꼿이 세운 다음, 새카만 눈알로 내 쪽을 노려보기 시작했다.

'상급 언어의 각인이 효과가 있는 건가?'

나는 마른침을 삼키며 다시 소리쳤다.

"내 목소리가 들리나? 내 말을 이해할 수 있어?"

그러자 샌드 웜이 입을 벌리며 소리를 내기 시작했다.

"끼이이이이이이익……."

마치 못으로 유리를 긁는 듯한 소음이다.

그리고 나는 그 소음 속에서 샌드 웜의 생각의 편린을 읽을 수 있었다.

—먹이다.

—그런데 먹이의 생각을 알 수 있다.

—서로의 생각을 알 수 있으면 동족이다.

—하지만 먹이는 동족이 아니다.

—나는 먹이를 공격하고 싶다.

—나는 먹이를 공격해야 하나?

샌드 웜은 명백하게 혼란스러워하고 있었다.

나는 상급 언어의 각인의 효과에 감탄하며 한 발 앞으로 걸음을 내디뎠다.

"공격해도 상관없다! 어차피 싸울 거니까! 하지만 그 전에 알고 싶은 게 있다! 너희 왕은 어디에 있지? 샌드 웜 킹 말이다!"

—우리의 왕… 왕은 사막에 있다.

"그런 건 나도 알아! 지금 여기서 얼마나 떨어진 곳에 있냐는 거다!"

―왕은… 사막에 있다. 하지만 나는… 왕의 기척을 느낄 수 없다.

아마도 거리가 멀다는 의미일 것이다.

나는 뜻밖의 소중한 정보에 감사하며 또 다른 질문거리를 찾았다.

하지만 더 이상 물을 게 없었다.

어차피 잠시 후에 잡아 죽일 몬스터에게 무엇을 더 물어본단 말인가?

그래서 나는 질문 대신 적에게 몸을 날렸다.

*　　　*　　　*

샌드 웜이 혼란에 빠진 덕분일까?

나는 전보다 더 수월하게 녀석을 잡을 수 있었다.

"이 녀석 시체도 간만에 보는군."

뒤늦게 바위 지대로 달려온 커티스가 샌드 웜의 시체를 발로 건드리며 말했다.

"그런데 아까 뭔가 소리를 지르던데, 설마 이 몬스터와 대화를 시도한 건 아니겠지?"

"시도했습니다."

"뭐?"

나는 짧게 설명했다.

"이상하게 보이겠지만, 이제 저는 인간뿐만 아니라 대부분의 동물과 의사소통이 가능합니다."

"정말인가? 혹시 그… 내곽 도시에 가서 높은 등급의 각인을 받아서?"

"좀 더 복잡한 일이 있습니다만, 네. 기본적으론 그 효과입니다."

나는 대충 둘러대며 샌드 웜의 이빨을 부러뜨렸다.

그러자 빅맨이 이빨을 배낭에 담았다. 나는 배낭의 남은 공간을 가늠하며 고개를 저었다.

"아무래도 30마리는 무리일 것 같군요. 기껏해야 배낭에 담을 수 있는 이빨은… 40개 정도가 한계일 것 같습니다."

"걱정 말고 잡아라. 내가 온몸으로 챙겨 갈 테니까."

빅맨은 이빨 하나를 다시 뽑아 들고 옆구리에 끼워 보였다.

하지만 샌드 웜 한 마리당 네 개의 이빨이 나온다.

그럼 120개다.

빅맨이 온몸을 동원해도 120개의 이빨을 혼자 챙기는 건 불가능할 것이다.

그러자 커티스가 어깨를 으쓱였다.

"그런 건 신경 쓰지 마라. 나도 최대한 챙겨 갈 테니까. 그보다도 방금 저 녀석 잡아서 오러가 얼마나 올랐지?"

“확인하지 않았습니다. 제 스캐닝은 하루에 10회로 제한이 있기 때문에 샌드 웜을 잡을 때마다 확인하는 건 무리입니다.”

“아… 그래?”

“일단 세 마리 정도 잡고 나서 확인해 볼 생각입니다. 그러고 보니 커티스, 당신도 스캐닝을 익히는 게 좋겠군요. 하급 스캐닝은 기본 스텟밖에 안 보이니까… 내곽 도시에 가서 중급 스캐닝을 익히는 게 좋겠습니다.”

“나야 환영이지. 그런데 그건 얼마인데?”

“6,000씰입니다.”

“뭐? 휘유…….”

커티스는 휘파람을 불며 고개를 저었다.

“말도 안 돼. 네가 도박으로 따온 돈의 절반을 한 방에 날려 버리라고?”

“너무 돈에 얽매일 필요는 없습니다. 어차피 샌드 웜의 이빨만 해도 한 개에 600씰입니다. 오늘 50개만 챙겨가도 30,000씰은 벌 수 있을 겁니다.”

그렇게 생각하니 며칠 전에 고작 12,000씰을 벌자고 두 번이나 자살했던 것이 미련하게 느껴졌다.

커티스는 끝없이 펼쳐진 바위 지대와 사막을 바라보며 혀를 차기 시작했다.

“그렇게 따지면… 오늘 하루만으론 샌드 웜을 그렇게 많이 잡을 수 없을 것 같군."

"어째서 그렇습니까?"

"샌드 웜이 그렇게 흔하다면 이빨이 그렇게 비싸게 팔릴 리가 없을 테니까."

"과연, 그것도 그렇군요."

나는 고개를 끄덕이며 생각했다.

수용소를 탈출하며 사막을 횡단하던 당시, 나는 수십 마리의 샌드 웜을 사냥했다.

하지만 그건 수십 일에 걸쳐서 벌어진 일이다.

그것도 계속 먼 거리를 이동하며 새로운 곳에서 새로운 샌드 웜을 잡았다.

결국 지금처럼 한 장소에서 사냥을 한다면 아무리 요란을 떨어도 대량의 샌드 웜을 잡는 건 어려울지도 모른다.

"하지만 어쩔 수 없습니다. 이제 와서 동쪽으로 계속 이동하며 사냥할 수는 없으니까요. 밤이 깊어지기 전에 돌아가야 합니다. 적의 기습이 있을지 모르니까요. 그러니 우리들은 최대한 이 근방에 있는 샌드 웜을 유인하도록 하죠."

나는 먼저 주변의 바위를 모아 예전처럼 바위 굴을 만들었다.

그리고 그곳에 짐을 넣어둔 다음, 본격적으로 소란을 떨며 샌드 웜을 유인하기 시작했다.

*　　　*　　　*

해가 완전히 질 때까지 다섯 시간이 걸렸다.

그리고 그 다섯 시간 동안, 나는 사막에서 총 세 마리의 샌드 웜을 사냥했다.

기껏해야 시간당 한 마리꼴도 안 된다.

나는 예상보다 극심하게 저조한 성적에 완전히 낙담했다.

"이 근처의 샌드 웜은 이걸로 전멸한 것 같다. 샌드 웜의 이빨 12개라… 그래도 이것만으로 7,000씰이 넘는군."

커티스가 바위 굴의 짐을 챙기며 말했다.

나는 주변에 널브러진 샌드 웜의 시체들을 노려보며 고개를 저었다.

"제 실책입니다. 이래가지곤 다른 수련을 하는 게 나았을 것 같습니다."

"어쩔 수 없지. 그래서 오러가 얼마나 올랐나?"

"정확히 1 올랐습니다."

나는 스스로를 스캐닝하며 한숨을 내쉬었다. 커티스는 뱅가드를 향해 앞장서 돌아가며 어깨를 으쓱였다.

"그래도 그 예상은 맞았군. 세 마리 잡으면 스텟 1이 오른다고 했었지?"

"이제 시간이 없습니다. 당장 내일이나 모레 중에 시합이 있을 텐데… 이젠 정말 명상 수련에 모든 걸 걸어야겠군요. 숙소에 돌아가자마자 곧바로…….”

순간, 나는 무언가를 깨닫고는 걸음을 멈췄다.

“응? 왜 그러지?”

앞서가던 커티스와 빅맨이 걸음을 멈췄다. 나는 근처에 있는 바위에 걸터앉으며 눈을 감았다.

“잠시만요. 잠시만 기다려 주십시오.”

그리고 명상을 시작했다.

정확히는 명상이 아니라, 주변의 마나를 감지하는 의식의 집중이다.

나는 실제로 마나를 감지하지 못했다.

단지 그럴지도 모른다는 상상을 통해 수련을 반복했을 뿐.

하지만 지금은 아니다.

나는 이제 정말로 마나의 실체를 감지할 수 있다. 그것으로 숙소에서 내 몸으로 흡수되는 마나와 램지에게 흡수되는 마나양의 차이까지 확인했다.

‘마나는 인간의 몸에 흡수된다. 그것이 수련을 통해 오러나 마력으로 변환되지 않는다 해도… 인간은 항상 소량의 마나를 흡수하고 있어.’

그렇다면 당연히 사람이 많은 대도시는 수련의 효율이 떨어질 것이다.

반대로 사람이 없는 사막은 누구의 방해도 받지 않고 대량의 마나를 빨아들일 수 있을지 모른다.

잠시 후, 나는 다시 눈을 뜨며 한숨을 내쉬었다.

"…정말이군."

"뭐가 정말이라는 말이지?"

커티스가 득달같이 물었다. 나는 낮에 만들어둔 바위 굴을 돌아보며 대답했다.

"여기서 수련을 하는 게 도시에서 수련을 하는 것보다 효율적입니다."

"수련? 무슨 수련?"

"명상 수련 말입니다. 다른 건 몰라도 명상 수련만큼은 주변에 사람이 적을수록 좋습니다. 압도적인 차이는 아니지만… 대기 중의 마나양이 적어도 1.5배는 차이가 납니다."

지금의 내 몸은 그것까지 감지할 수 있었다.

그러자 커티스는 자신이 짊어지고 있던 배낭을 앞에 내려놓으며 말했다.

"어쨌든 여기서 수련하는 게 좋다는 말이지?"

"그렇습니다."

"그럼 해. 여기 비상시를 위해 챙겨온 꿀과 포션이 있다. 당장 한두 번은 할 수 있을 거야. 그사이 내가 숙소에 가서 더 많은 보급품을 가져오도록 하지."

나는 고개를 끄덕이며 말했다.

"부탁드립니다. 에오라스 벌꿀과 인테스 벌꿀을… 적어도 20병은 가져다주십시오."

"30병 가져오지. 그리고 물과 식량도 더 챙겨오겠다."

척 하면 척이었다. 커티스는 텔레포트까지 사용하며 뱅가드가 있는 방향으로 질주하기 시작했다.

그러자 침묵을 지키던 빅맨이 입을 열었다.

"수련은 저 바위 굴에서 할 건가? 그럼 난 입구를 지킨다. 그런데 혹시 내가 방해되나? 사람이 적은 편이 좋다고?"

"한 사람 정도는 상관없습니다. 그러니 부탁드립니다."

빅맨은 고개를 끄덕이며 내 앞의 짐 가방을 집어 들었다.

나는 먼저 바위 굴로 달려간 다음, 그 안에 자리를 잡고 새롭게 명상 수련을 시작했다.

* * *

예상은 정확했다.

숙소에서는 처음 수련했을 때 오러 스텟이 3 올랐고, 나중엔 1밖에 오르지 않았다.

하지만 사막에선 시작부터 4가 올랐다. 나는 커티스가 두고 간 꿀과 물을 마시며 잠시 휴식을 취했다.

"이제 밤이다. 여기서 계속 수련하면 숙소가 위험할 수도 있다."

바위 굴 밖을 지키던 빅맨이 말했다. 나는 고개를 끄덕이며 동의했다.

"당신 말이 맞습니다. 하지만 제 예상이 맞는다면… 커티스는 분명 혼자 돌아오지 않을 겁니다."

"그러면?"

"분명 모두를 데리고 올 테죠. 제 근처에 모여 있는 게 안전할 테니까요."

나는 거기까지 생각하고는 바위 굴을 나왔다. 빅맨은 깊이 숨을 들이마시며 물었다.

"하지만 사람이 많으면 효율이 떨어진다고 하지 않았나?"

"그건 램지 씨 한정입니다. 그리고 우리 일곱 명 정도는 상관없습니다. 도시에 있는 수천, 수만 명의 사람에 비하면 아무것도 아니니까요."

"그럼 도시에서는 어떤 수련을 해도 효율이 떨어지겠군."

빅맨은 심각한 얼굴로 고민하기 시작했다. 나는 근처에 다른 동료들이 쉴 수 있는 새로운 바위 굴을 만들며 말했다.

"일반적으론 큰 차이가 아닐 겁니다. 다만 제가 하는 방식이 특별해서요. 제가 한 번에 너무 많은 마나를 빨아들이다 보니… 그 정도의 차이가 결과적으로 영향을 끼칩니다."

"그럼 상관없다. 그러고 보니 오늘 나도 오러를 발현했다."

"알고 있습니다. 나중에 각성까지 하면 당신은 오러와 저주를 둘 다 다루는 강력한 존재가 될 수 있을 겁니다."

나는 빙긋 웃으며 빅맨을 스캐닝했다.

별다른 의미는 아니었다. 그저 빅맨의 저주 스텟의 변화가 있는지를 확인하고, 또 0에서 1로 바뀐 오러 스텟을 눈으로 직접 보고 싶었기 때문이었다.

그런데 결과는 예상 밖이었다.

오러: 5

마력: 0

신성: 0

저주: 35(47)

'뭐지?'

나는 깜짝 놀랐다.

저주는 전과 그대로 최대치가 동일했다.

하지만 오러가 1이 아닌 5다. 빅맨은 변함없이 무뚝뚝한 표정으로 날 마주 보며 물었다.

"왜 그러지. 문제가 있나?"

"문제가 아니라… 당신, 오러 스텟이 5입니다."

"5? 어째서?"

나도 묻고 싶었다. 나는 만들다 만 바위 굴을 다시 쌓으며 생각에 잠겼다.

'어째서? 코르시는 분명 1이라고 했다. 그것도 오러를 발현한 직후로 단숨에 0에서 1이 된 것뿐이고, 그다음부터는 훨씬 느리게 성장한다고 했는데…….'

추측할 수 있는 건 단 하나였다. 나는 10여 분 만에 두 번째 바위 굴을 완성한 다음 빅맨을 돌아보았다.

"빅맨, 아무래도 제가 사냥을 하면서 당신도 덩달아 오러가 오른 것 같습니다."

"어째서? 나는 아무것도 한 게 없다."

"하지만 적어도 곁에 있었으니까요. 처음 한 마리를 잡을 때는 멀리 떨어져 있었지만… 다음 두 마리를 잡을 때는 근처에 있었습니다. 한 마리당 오러가 2씩 오른 것 같군요."

"그냥 옆에 있기만 했는데도 올랐다는 건가?"

"그런 것 같습니다. 이따가 커티스가 돌아오면 확실하게 알 수 있겠죠."

만약 내 예상이 맞는다면 커티스 역시 오러 스텟이 5로 높아져 있을 것이다.

'정작 나는 레벨이 높아서 샌드 웜을 세 마리는 잡아야 오러가 1이 올라갔다. 하지만 레벨이 1밖에 안 되는 동료들에겐 그 자체가 엄청난 성장이었던 거야. 대단하다. 사실 말도 안 되는 반칙 같지만… 이걸 응용하면 동료들의 레벨을 빠르게 높일 수 있지 않을까?'

이것은 상상도 못 한 부가적인 효과였다.

당장 내일 스컬킹과의 시합만 아니었다면 나는 동료들을 데리고 보름 정도 샌드 웜 사냥을 떠났을 것이다.

그러자 빅맨이 헛기침을 하며 말했다.

"그렇다면 미안하군."

"네? 뭐가 말입니까?"

"본의 아니게 너의 오러를 나눠 먹는 셈이 되었다. 말하자면 이건 경험치다. 나와 커티스가 네 경험치를 나눠 먹었기 때문에 정작 네 경험치가 적게 오른 거다."

"아… 생각해 보니 그럴 수도 있겠군요."

나는 납득하며 고개를 끄덕였다.

그것은 예상 못 한 부작용이었다.

빅터의 말이 사실이라면 나는 방금 1보다 높은 오러를 쌓았을 것이다.

'주변에 아무도 없이 혼자 사냥했다면 말이지… 그럼 이건 양날의 검이군. 하지만 그렇다 해도 좋은 걸 알았다. 지금은 내가 급해서 어쩔 수 없지만, 급한 불을 끄면 동료들의 오러부터 빠르게 높여야겠어.'

지금은 적과 싸울 수 있는 사람이 나 혼자라 불편하다.

만약 모두가 각성한다면 적에 대한 대처가 그만큼 유연하고 자유로워질 것이다.

나는 그날을 기대하며 먼저 만든 바위 굴 속으로 돌아갔다. 그리고 두 번째 명상 수련을 시작했다.

*　　　*　　　*

두 번째 수련에도 오러가 3이 올랐다.

나는 안도의 한숨을 내쉬며 밖으로 나왔다. 밖에는 내 예상대로 모든 동료가 모여 있었다.

나는 웃으며 커티스를 칭찬했다.

"커티스, 다른 사람들을 모두 데려왔군요. 사전에 이야기도 없었는데 정말 잘하셨습니다."

커티스는 당연한 듯 대답했다.

"그 정도는 알아서 판단할 수 있어야지. 좋은 군인은 명령이 없어도 명령을 수행할 수 있어야 한다."

"당신은 정말 좋은 군인입니다. 그러고 보니……."

나는 곧바로 커티스를 스캐닝하며 말했다.

"당신도 오러 스텟이 5가 되어 있군요."

"뭐? 어째서? 오늘 처음으로 오러가 발현해서 1이 되었다고 사범이 말해줬는데……."

나는 빅맨과 이야기했던 자초지종을 설명했다. 그러자 한 발 물러나 있던 빅터가 입맛을 다시며 아쉬워했다.

"이럴 줄 알았으면 나도 따라올걸!"

"걱정 마십시오. 기회는 앞으로 얼마든지 있을 테니까요."

"사냥할 때 옆에 있기만 해도 되다니… 그럼 전에 사막을 횡단할 때는 어떻게 된 거지? 그때도 우리 모두 근처에 있었는데 오러는 전혀 오르지 않았잖아?"

"그때는 여러분 모두가 오러 자체를 발현하지 않은 상태였으니까요. 지금 생각하면 아쉽지만… 이제라도 알게 돼서 다행입니다.”

나는 웃으며 다른 사람들을 살폈다. 그중에 스네이크아이와 도미닉이 샌드 웜의 시체에 붙어 뭔가를 하고 있었다.

“두 분은 뭘 하고 계신 겁니까?”

“아, 피를 받고 있지.”

“피요?”

자세히 보니 무언가 특이한 빨대 같은 도구를 샌드 웜의 옆구리에 박아 넣고, 거기서 흘러나오는 피를 커다란 통에 담고 있었다.

“아까 마무사가 와 있었거든. 그 녀석이 이야기를 듣더니 부리나케 어딘가로 갔다 와서 이걸 건네주더라고.”

“…샌드 웜의 피를 추출하는 기구입니까?”

“그런가 봐. 이게 또 나름 돈이 된다더라고. 자기한테 주면 한 통에 100셀은 받을 수 있다면서 나눠 먹자던데?”

스네이크아이가 씩 웃으며 말했다. 나는 함께 웃으며 고개를 끄덕였다.

“이빨 말고도 돈벌이가 되는 게 또 있었군요. 그럼 그쪽 일은 잘 부탁합니다. 저는 여기서 밤을 새워서라도 수련을 할 테니까요. 아, 혹시나 해서 드리는 말이지만…….”

나는 새로 만든 바위 굴 근처에 서 있던 램지를 향해 말했다.

“죄송하지만 램지 씨, 오늘 밤만큼은 가급적 명상 수련을 피해주시기 바랍니다."

"아, 물론이네. 커티스에게 대충 무슨 이야기인지 들었어."

"죄송합니다. 아무래도 제가 그동안 램지 씨의 수련을 방해했던 모양입니다."

나는 고개를 숙이며 사과했다. 램지는 급히 손사래를 치며 말했다.

"그 무슨 말인가? 나는 자네가 없었으면 오래전에 사막에서 죽었을 거야. 아니, 우리 모두가 마찬가지지. 나 같은 늙은이는 신경 쓰지 말고 집중하게. 당장 급한 불부터 꺼야 하지 않겠나?"

"맞아. 그러니까 기운 내서 수련하라고. 우린 다른 바위 굴에서 쉴 테니까. 돌아가면서 불침번을 설 테니 걱정하지 말고."

빅터가 내 어깨를 두드린 다음 바위 굴 속에 두꺼운 담요를 깔아주었다. 나는 다시 바위 굴 속으로 들어가 담요 위에 자리를 잡고 앉았다.

'어쩐지 마음이 편해졌다.'

나는 눈을 감고 생각했다.

당장 내일 스컬킹과 시합을 벌여야 할지도 모른다.

하지만 더 이상 초조함은 없었다.

나는 많은 사람에게 보호받는 기분을 느꼈다.

물론 실제로는 내가 모두를 지키고 있다. 하지만 중요한 건 내 생각과 느낌이었다.

이 느낌대로라면 나는 시합 전에 소드 익스퍼트를 달성하고 스컬킹과의 시합에서 반드시 이길 것이다.

나는 자신감이 있었다.

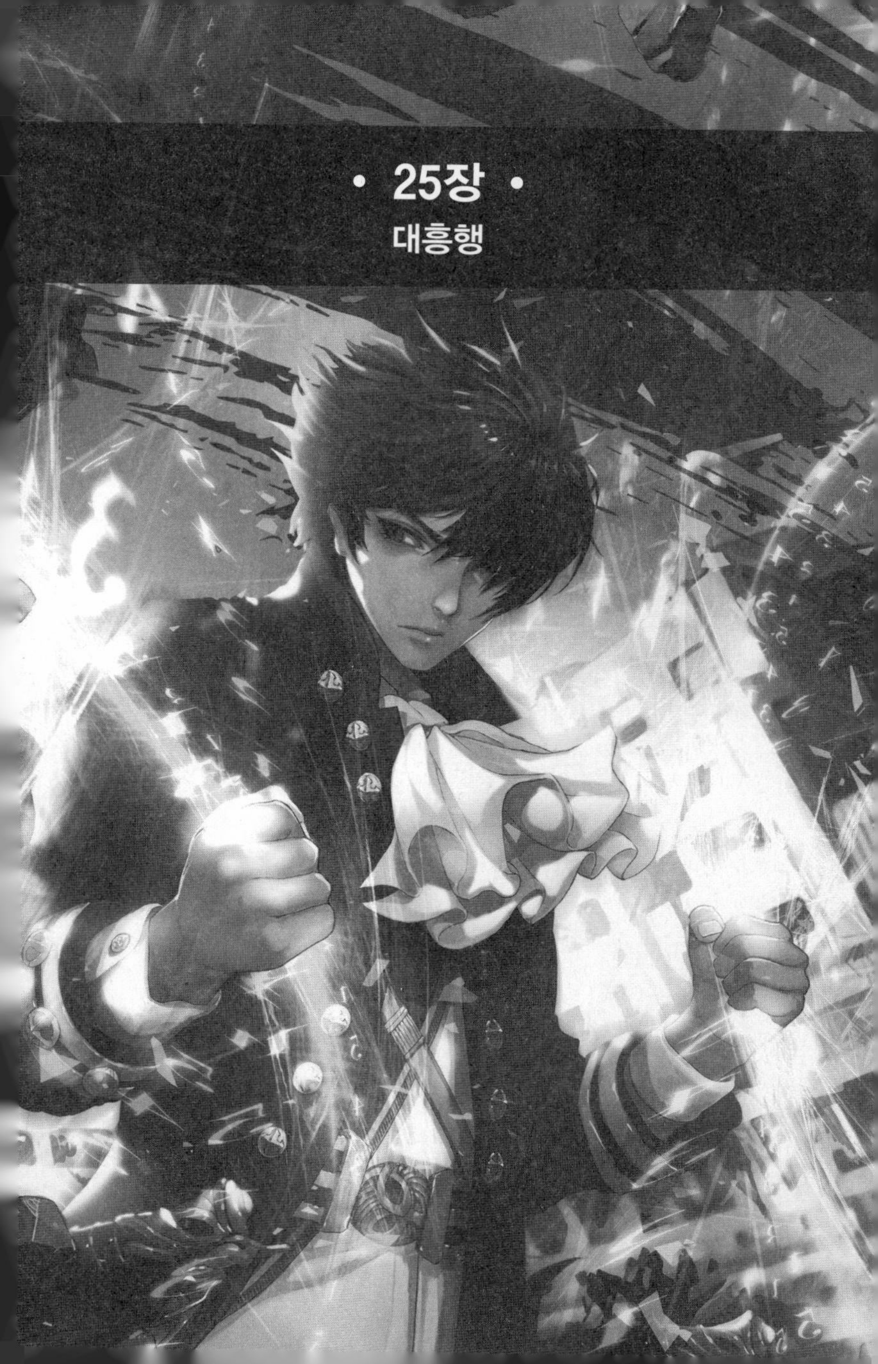

• 25장 •

대흥행

느낌이란 언제나 불확실한 것이다.

물론 자신감도 마찬가지다. 나는 새삼 그 사실을 깨달았다.

*　　　*　　　*

바위 굴 밖은 이미 동이 트려 하고 있다.

그렇게 밤을 꼬박 새는 동안, 나는 총 14회의 명상 수련을 반복했다.

결과만 말하면 총 19의 오러가 상승했다.

3, 3, 2, 2, 1, 1, 1, 1, 1, 1, 1, 1, 1, 0.

이것이 수련의 성적표다.

'마지막 수련에선 아예 오러가 쌓이지 않았다. 즉, 하루에 높일 수 있는 한계에 온 거다. 레벨이 낮을 때는 하루에 50까지 높일 수 있었는데…….'

나는 하루에 높일 수 있는 오러의 한계가 점점 낮아진다는 것을 감안하지 못했다.

그것이 패착이다.

물론 오러 스텟이 325를 넘어가면서 레벨과 함께 기본 스텟이 상승했다.

하지만 이 정도론 부족하다.

어떻게든 소드 익스퍼트를 달성하고 보다 높은 단계에서 스컬킹과 싸웠어야 한다.

'하지만 실제론 아직 아무것도 벌어지지 않았다. 미래에 벌어질 일을 과거형으로 생각하다니… 나도 많이 피곤한가 보군.'

당장은 수면과 휴식이 급했다. 나는 동료들과 함께 사막을 벗어나 뱅가드의 27번 구역에 있는 숙소로 돌아갔다.

* * *

"그러니까! 지금 자고 있다니까? 방해하지 말고 돌아가!"

"이놈이 어디서 눈을 부라려? 덩치만 크고 스텟은 형편없는 놈이. 너 각성도 안 했지?"

“그래서 뭐! 한판 붙으려고? 눈멀었냐? 저 옆에 건물 안 보여? 저게 바로 치안 관리서다! 그리고 여긴 치안관이나 경비병들이 사는 관사라고! 어디서 행패야!”

“이 자식이 어디서… 좋은 말 할 때 비켜! 아니면 그 주한이란 놈을 깨워 오던가!”

“닥치고 꺼져! 그리고 나중에 다시 오라고! 안 그러면 날 패 죽이고 감옥으로 가던가!”

“이 자식이 겁을 상실했나? 내가 죽이라면 못 죽일 것 같아? 당장 치안 관리서고 뭐고…….”

어딘가에서 누군가 말다툼을 벌이고 있다.

덕분에 잠에서 깨어났다. 창밖을 보자 해가 중천에 걸려 있었다.

“잠이 부족해…….”

난 중얼거리며 침대에서 일어났다. 그리고 식당 근처에 서 있는 램지를 보았다.

“밖에 무슨 일입니까?”

“일어났군. 그게 아마 스컬킹이란 자의 부하들인 것 같은데…….”

램지는 걱정스러운 표정이었다.

아무래도 올 게 온 모양이다.

나는 마음을 다잡으며 문을 열었다. 그러자 문 앞에 버티고 있던 빅터와 커티스와 도미닉이 깜짝 놀라며 몸을 돌렸다.

"주한!"

"자, 모두 그만두십시오. 제가 상대하겠습니다."

숙소를 찾아온 남자는 두 명이었다.

덩치는 평범했다. 하지만 더러운 인상과 말투만 봐도 뒤쪽 세계의 똘마니라는 걸 알 수 있었다.

나는 가볍게 몸을 풀며 말했다.

"도망칠 생각 없으니 걱정 마십시오. 그럼 지금 투기장으로 가면 됩니까?"

"뭐? 투기장?"

둘 중에 왼편에 서 있던 대머리가 표정을 구기며 소리쳤다.

"무슨 헛소리야, 이 애송이 자식이! 지금 우리가 널 투기장에 데려가려고 온 줄 아냐?"

"그럼 아닙니까? 오늘이 사흘째입니다만?"

"사흘이고 자시고! 네놈이 그 두목… 이 아니라 챔피언이신 스컬킹과 시비 턴 놈 맞지!"

"네, 문주한이라고 합니다."

"아주 그냥 간이 부어도 단단히 부었구만! 아무튼 헛소리 그만하고 이거나 받아!"

대머리는 손에 들고 있던 서류 봉투를 내밀었다.

"이게 뭡니까?"

"투기장 계약서다!"

"네?"

"나흘 뒤인 6월 13일 밤에 열리는 대회에 3체급 특별 챔피언전으로 네놈이 출전한다는 걸 확인하는 계약서다! 이미 양쪽 사인이 다 되어 있으니 네놈은 그냥 받기만 해!"

그것은 예상 못 한 이야기였다.

"이것 참……."

나는 서류를 열어보며 쓴웃음을 지었다.

"이런 서류에 사인한 기억은 없습니다만."

"무슨 상관이지? 넌 그냥 시합에 나와서 처맞다가 뒈져 버리면 그만이야. 혹시 도망칠 생각은 하지 말라고! 이미 네깟 놈 하나 도망친다고 해결될 문제가 아니니까!"

대머리는 위협하듯 내 얼굴에 삿대질을 하며 소리쳤다.

하지만 대머리의 말 덕분에, 나는 오히려 바짝 올랐던 긴장을 완벽히 풀 수 있었다.

"그러니까 시합은 오늘부터 나흘 뒤란 말이죠? 스컬킹과 처음 만났던 날로부터 7일 후?"

"그래. 이제야 애송이가 귓구멍이 뚫렸나 보구만?"

"저는 그때 사흘 뒤라고 말했습니다. 어째서 시간이 늘어난 겁니까?"

"하? 이 멍청한 놈 보게? 너 같으면 사흘 만에 홍보를 할 수 있겠냐? 큭큭… 머저리 같으니."

대머리는 동료와 마주 보며 마구 비웃었다. 나는 '홍보'란 단어에 흥미를 느끼며 되물었다.

"홍보라니, 무슨 홍보 말입니까?"

"당연히 투기장 대회 홍보지. 3체급 챔피언전은 무려 넉 달 만에 벌어지는 거다. 홍보만 잘되면 아마 구름처럼 사람들이 몰려올걸? 간만에 투기장 흥행에 초대박이 날 거라 이 말이지. 관객들이 5층 객석까지 꽉 들어찰 거다. 큭큭… 바로 네놈의 죽음을 보러 말이지!"

"그러니까… 대회 홍보를 위해 나흘의 시간이 더 필요하다?"

"잘 들어, 애송아. 이건 비즈니스라고. 투기장의 메인 시합장 2만 석 중에 벌써 6,000장의 티켓이 팔렸다. 어쩌면 당일에 매진될지도 몰라. 이게 돈으로 얼마인지 알기나 하냐?"

"글쎄요? 잘 모르겠습니다."

"매진되면 티켓값만 80만 씰이야! 거기에 도박으로 들어가는 돈까지 하면 수백만 씰이 왔다 갔다 한다고!"

대머리는 과장스러운 몸짓과 함께 양팔을 펼치며 소리쳤다.

"그러니까 도망칠 생각은 꿈에도 하지 마! 어차피 오늘부터 우리 투기장 소속 가드들이 24시간 감시할 테니 도망치지도 못하겠지만!"

"그렇군요. 알겠습니다."

나는 가만히 웃으며 고개를 끄덕였다.

"그럼 나흘 뒤에 투기장으로 가겠습니다."

"명심해. 안 오면 우리가 끌고 간다. 3단계 오러 유저라고 반항하다간 바로 골로 가는 수가 있어. 우리도 쪽수를 맞출 거니까. 알겠냐? 아, 그러고 보니… 야, 수첩 내놔."
대머리는 옆에 있던 동료에게 수첩을 건네받으며 말했다.
"너, 프로필 좀 말해라."
"네?"
"프로필 말이야. 이름… 은 됐고, 나이와 출생지 같은 거. 보아하니 밸런스 소드 클랜에 다니는 것 같은데 오러는 거기서 수련한 거냐?"
나는 어깨를 으쓱이며 되물었다.
"그걸 알아서 어쩌시려고 그럽니까?"
"어쩌긴 뭘 어째! 홍보에 쓰려고 그러지."
"네?"
"당장 벽보를 제작해서 뱅가드의 전 구역에 붙이고 다녀야 한다고! 빨리 말해!"
대머리는 시간이 부족한지 짜증을 내기 시작했다. 나는 어쩐지 웃음이 나오려는 걸 참으며 고개를 끄덕였다.
"그런 거라면 최대한 협조하도록 하죠. 하지만 꼭 사실을 말할 필요는 없겠죠?"
"뭐?"
"이름은 주한이 아니라… 닉네임 같은 걸 쓰는 게 좋겠군요. 그쪽도 스컬킹이 본명은 아니니까요. 그래, '샌드 웜 킬러'라고 부르는 게 좋겠군요."
"뭐야, 주제에 닉네임을 쓰려고? 샌드 웜 킬러? 흠, 약간 긴 느낌인데……."

대머리는 투덜거리면서도 노트에 받아 적었다.

그러자 동료들이 한 명씩 코웃음을 치기 시작했다. 난 그들과 시선을 교환하며 계속 말을 이었다.

"나이는 21세, 아니, 이건 너무 적어서 약해 보일 수 있으니 27세 정도로 하죠. 오러는… 누구의 도움도 받지 않고 스스로의 힘으로 3단계 오러 유저까지 올랐습니다."

순간 똘마니들의 눈이 휘둥그레졌다.

"뭐? 정말?"

"아, 물론 설정상 말이죠. 샌드 웜 킬러는 수백 마리의 샌드 웜을 사냥하며 자신만의 힘으로 강해진 존재입니다. 이렇게 하면 관객들의 흥미를 더 유발할 수 있지 않겠습니까? 하지만 누구의 도움을 받지 않고 홀로 성장한 덕분에… 정작 소드 스킬은 배우지 못했습니다. 그래서 뒤늦게 밸런스 소드 클랜의 도움을 받고 있습니다. 아, 물론 설정상 말이죠. 그런 비밀스럽고 기이한 캐릭터가 어떻겠습니까?"

"너, 이 자식……."

대머리는 부릅뜬 눈으로 날 노려보며 탄식했다.

"하, 천재인데? 이거 먹히겠어. 맞아, 허풍을 치려면 이 정도로 쳐야 흥미를 끌지. 큭큭… 이걸로 홍보하면 진짜 티켓이 매진될지도 몰라."

반쯤 농담이었는데 녀석들의 감성에 먹힌 모양이다. 대머리는 흥미가 붙는지 쉴 새 없이 손을 움직이며 필기를 이어 나갔다.

"그런 설정으로… 뒤늦게… 밸런스 소드 클랜은 그저 보조적인 역할만… 좋아. 당장 홍보부에 알려줘야겠군."

"좋은 홍보물이 나오길 바랍니다. 아, 그런데 도박이 있다고요?"

"응?"

"시합의 승패를 맞추는 도박입니까?"

"아… 당연하지."

잠시 멍해 있던 대머리가 이죽거리며 대답했다.

"네놈이 전에 왕창 따간 지하 도박장과는 달라. 이쪽은 완벽하게 합법이라고. 벌써 우리 스컬킹에게 엄청난 돈이 몰리고 있다고. 네놈한테 거는 사람이 너무 없어서 배당이 안 생길 지경이다."

"그거 좋군요. 기억해 두겠습니다. 그럼 걱정 말고 돌아가서 열심히 홍보해 주시기 바랍니다. 저는 절대 도망치지 않을 테니까요."

나는 빙긋 웃으며 고개를 숙였다.

그렇게 스컬킹의 부하들을 돌려보낸 다음, 나는 동료들을 바라보며 만족스럽게 웃었다.

"다들 들으셨죠? 시합은 나흘 뒤라고 합니다."

"쳇, 이런 줄도 모르고 괜히 기를 쓰고 버텼구만."

빅터가 어깨를 으쓱이며 웃었다.

"그런데 앞으로 나흘이면 충분하지? 소드 익스퍼트가 되는 거?"

"충분하고도 남습니다."

나는 자신감 있게 고개를 끄덕였다.

"생각지도 못한 기회입니다. 대회의 흥행 덕분에 스컬킹이 자충수를 둔 셈이군요."

"그쪽은 네가 이렇게 단기간에 강해질 수 있는지 모를 테니까. 그런데 애초에 시합 자체가 성립은 되는 건가? 네가 소드 익스퍼트가 되어도?"

"성립됩니다. 이미 사범님에게 물어봤습니다. 투기장의 시합은 일단 시작되면 무슨 일이 벌어져도 중단이 불가능하다고 하더군요."

"설마 항복도 없나?"

"항복은 있습니다. 하지만 거의 대부분의 무투사는 위기에 몰려도 항복을 선택하지 않는 모양입니다."

"어째서?"

"항복하면 대전료나 상금을 받을 수 없고, 규정상 세 번 항복한 무투사는 투기장에서 퇴출된다고 하더군요. 그래서 끝까지 싸우다 전투 불능이 되었을 때 심판이 중단을 선언합니다. 하지만 그 전에 숨이 끊어지는 경우도 많은 것 같습니다."

“항복할 바에는 차라리 싸우다 죽겠다 이거군. 굉장히 야만적인데?”

빅터는 혀를 차며 인상을 찌푸렸다. 난 고개를 끄덕이며 대답했다.

“그래서 더 인기가 있는 거겠죠. 어쨌든 덕분에 한 번 더 많은 돈을 벌 수 있겠군요.”

“돈?”

“남은 돈 전부를 제가 이기는 데 걸겠습니다. 스컬킹의 인기는 절대적일 테니… 이번에는 과연 몇 배의 돈을 벌 수 있을까요?”

*　　　*　　　*

8.7배였다.

배팅이 마감된 시합 전날에 발표가 나왔다. 수수께끼의 무투사인 ‘샌드 웜 킬러’에게 돈을 건 사람들은 자신들이 승리할 경우 건 돈의 8.7배를 받게 된다.

그리고 나는 가지고 있는 거의 전 재산인 15,000씰을 ‘샌드 웜 킬러’에게 배팅했다.

그것은 새로 사냥한 샌드 웜의 이빨을 판 돈까지 모두 더한 돈이다.

진다면 쪽박을 찰 것이다. 물론 목숨도 잃을 테고.

하지만 그럴 가능성은 제로였다. 나는 이미 시합 이틀 전에 소드 익스퍼트를 달성했으니까.

* * *

당연하게도 투기장의 3체급 챔피언전은 메인 이벤트였다.

내가 시합하기 전에 모두 열두 번의 시합이 치러졌다.

나는 선수 대기실에 앉아 무투가들이 대회장으로 들어가는 것과 반대로 초죽음이 되어 실려 나오는 것을 지켜보았다.

다행히 죽은 사람은 아무도 나오지 않았다.

덕분에 흥미로운 것을 반복해서 보았다. 대기실에 준비하고 있던 여섯 명의 신관이 부상당한 무투가를 빠르게 치료하는 모습을.

"캬, 저거 완전 죽은 사람을 살려내는군. 우리 쪽 영감은 상대도 안 될 것 같은데?"

유일하게 대기실에 함께 온 빅터가 혀를 차며 말했다.

열두 번째로 시합을 치른 2체급 선수의 몸 상태는 사실상 걸레짝이라고 해도 될 만큼 치명적이었다.

하지만 숨은 붙어 있었다. 덕분에 신관들이 사방에서 달라붙어 집중적으로 치료 마법을 사용하고 포션을 들이부으며 기어이 살려냈다.

나는 지친 표정의 신관에게 다가가며 말을 걸었다.

"옆에서 보니 대단하더군요. 일단 목숨만 붙어 있으면 어떻게든 살려내시는 겁니까?"

"네? 아, 네. 물론입니다. 저희들은 생명과 자비의 신인 리펜토의 신관이니까요."

신관은 힘을 너무 쓴 듯 눈 밑이 퀭하게 어두워져 있다.

그것은 다른 다섯 명의 신관도 마찬가지였다. 순간 나는 여기에 어떤 음모가 개입되어 있다는 것을 깨달았다.

"신관님, 다음은 제 시합입니다. 제가 만약 저런 꼴로 여기까지 돌아오면 저도 살려주실 수 있겠습니까?"

"네? 아, 그게……."

신관은 내 질문에 곧바로 대답하지 못했다.

스캐닝을 하지 않아도 알 수 있었다. 분명 신성 스텟이 거의 바닥까지 떨어진 상태일 것이다.

남은 포션도 별로 없어 보인다. 나는 괜찮다는 듯 고개를 끄덕이며 원래 있던 자리로 돌아갔다.

나는 초조하게 기다리고 있는 빅터에게 말했다.

"아무래도 상대 쪽이 일부러 저렇게 해서 돌려보낸 것 같군요."

"응? 무슨 소리지?"

"투기장엔 두 개의 대기실이 있고, 각 대기실마다 정해진 신관들이 배치되어 있습니다. 스컬킹이 수를 써서 일부러 우리 쪽 대기실의 선수들을 반죽음 상태로 돌려보낸 것 같습니다."

"왜? 널 위협하려고?"

"물론 그런 것도 있겠지만… 그보다도 신관들의 신성 스텟을 소모시키기 위해서일 겁니다."

"신성 스텟? 음, 혹시 네가 부상을 입고 돌아와도 곧바로 치료를 할 수 없게 하려는 건가?"

나는 웃으며 고개를 끄덕였다. 빅터 역시 코웃음을 치며 고개를 저었다.

"그 녀석도 꼼수가 대단하군. 어차피 시합에서 죽일 생각 아닌가?"

"일종의 압박이겠죠. 넌 이제 죽은 목숨이다. 어떻게 가까스로 목숨을 구해서 돌아와도 치료해 줄 신관은 없다. 그런 식의 정신 공격이 아닐까요?"

나는 투기장으로 이어지는 통로를 보며 어깨를 으쓱였다.

그때, 주변에 엄청난 진동이 울려 퍼졌다.

우우우우우우우우우웅!

대기실은 투기장의 관객석의 바로 아래 위치하고 있다.

분명 관객들이 일제히 발을 구르며 환호성을 지르고 있는 것이다.

2만 석에 달하는 티켓은 시합 전날에 완전히 매진되었다.

시합장 근처에는 웃돈을 주고라도 암표를 구하려는 사람들이 넘쳐났다고 한다.

그때 투기장 직원 한 명이 내 쪽으로 다가오며 말했다.

"저, 당신이 '샌드 웜 킬러' 선수시죠?"

"…네?"

나는 5초 정도 침묵하다 탄식하며 대답했다.

"아! 네. 제가 샌드 웜 킬러 맞습니다."

"이제 곧 시합입니다. 그런데 주최 측에서 요구 사항이 있어서… 이걸 전달하라고 하더군요."

직원이 건네준 것은 익숙한 재질로 만들어진 회갈색의 코트였다.

나는 코트를 이리저리 둘러보며 말했다.

"혹시 샌드 웜의 가죽으로 만든 코트입니까?"

"네? 아, 네. 그런 것 같습니다. 보통은 무겁고 단단해서 옷으로 입진 않지만… 아무래도……."

"이걸 입고 나가야 관중들이 더 환호한다는 거겠죠?"

나는 웃으며 대신 대답했다. 직원은 송구스러운 듯 연신 고개를 끄덕였다.

"네, 네. 아무쪼록 기분 나빠하지 마시고……."

"걱정 마십시오. 꼭 입고 출전하도록 하겠습니다."

"휴… 감사합니다."

직원은 한시름 놓았다는 듯 한숨을 내쉬며 뒤쪽으로 돌아갔다. 그러자 빅터가 코트를 만지며 혀를 찼다.

"세상에, 그 샌드 웜 가죽으로 옷을 만든 건가?"

"퍼포먼스용으로 급조한 거겠죠. 세상에 누가 이런 걸로……."

나는 코트를 걸치며 쓴웃음을 지었다.
마치 코끼리의 가죽을 걸쳐 입은 느낌이다.
그때 선수 입장을 알리는 북소리가 울려 퍼졌다.
둥둥둥둥둥!
그리고 통로 쪽에서 선수를 에스코트하는 직원이 부리나케 달려오기 시작했다. 나는 허리에 찬 검의 손잡이를 가볍게 움켜쥐며 빅터에게 말했다.
"그럼 다녀오겠습니다."
"걱정할 필요는 없겠지. 하지만 조심해라. 만에 하나란 것도 있으니까."
빅터는 가볍게 내 어깨를 두드렸다. 나는 웃으며 고개를 끄덕였다.

* * *

통로를 나오자, 엄청난 환호성이 울려 퍼졌다.
그것은 한마디로 표현할 수 없는 열광적인 소음이다.
그저 가만히 서 있는데도 온몸이 울리며 감정이 고조된다. 나는 마음을 가다듬으며 주변을 살폈다.
투기장은 고대 로마의 콜로세움을 연상시키는 구조였다.
2만 명의 관객으로 둘러싸인 거대한 공간 자체가 시합장이다.

'수용소의 훈련장과 비슷하지만 더 거대하군. 넓이는 축구장 정도인가? 이런 곳에서 단 두 명이 싸우다니…….'

하지만 3단계 오러 유저의 힘을 생각하면 어쩔 수 없다. 공간이 이 정도는 넓어야 관객에게 피해를 끼치지 않고 싸울 수 있을 테니까.

나는 직원의 인도를 받으며 시합장의 중심부를 향해 걸음을 옮겼다.

그러자 좀 더 본격적인 함성 소리가 울려 퍼졌다.

"우와아아아아아!"

"신입은 뒈져 버려!"

"샌드 웜 킬러! 샌드 웜 킬러!"

"화끈하게 싸워라!"

"죽일 기세로 덤벼!"

"스컬킹을 죽여 버려!"

"우우우우우우! 네깟 놈은 애송이일 뿐이야!"

"이겨라! 너한테 500셀 걸었다고!"

수많은 사람이 각양각색의 다양한 언어로 자신의 마음을 쏟아내고 있다.

하지만 정작 내 주의를 끈 것은 관객이 아니었다.

지금은 이미 밤이다. 시계가 있다면 분명 저녁 아홉 시쯤을 가리키고 있을 것이다.

그런데도 투기장은 대낮처럼 밝았다.

나는 관객석 사이사이에 배치된 거대한 서치라이트를 보며 감탄했다.

'한밤중인데도 이렇게나 밝은 빛을 내다니. 설마 진짜 서치라이트는 아니겠지? 이쪽 세계는 전기 공학이나 기계 문명이 발달하지 않은 것 같으니…….'

자세히 보니 서치라이트 근처에 전형적인 마법사 복장의 사람들이 보였다.

나는 앞서 걷고 있는 투기장의 직원에게 물었다.

"저 관중석에 있는 빛을 내는 도구는 뭡니까?"

"네? 아, 저건 라이터입니다."

"라이터? 담배에 불을 붙이는 거 말입니까?"

"네? 뭐라고요?"

직원은 잠시 어리둥절하다 웃었다.

"그게 아닙니다. 라이터는 조명을 담당하는 신관들을 말합니다. 거대한 확성기처럼 만든 기구에 빛을 내뿜는 광원을 만들죠."

"빛을 내는 마법도 있습니까?"

"물론이죠. 안 그러면 이런 야간에 어떻게 시합을 벌이겠습니까? 물론 시골에서 올라온 지 얼마 안 된 분들은 저걸 보고 놀라기도 합니다만……."

직원은 마치 시골 촌놈을 보듯 피식 웃으며 말했다.

"소문대로 문명과는 동떨어진 곳에서 오신 모양이군요. 어쨌든 대단하십니다."

"뭐가 말입니까?"

"이런 상황에서 천연덕스럽게 질문을 하다니, 긴장되지 않으십니까? 잠시 후에 목숨을 건 시합이 벌어질 텐데?"

"죽을 만큼 긴장하고 있습니다. 눈앞이 캄캄하고 심장이 입 밖으로 튀어나올 것 같군요."

나는 웃으며 대꾸했다. 직원은 혀를 내두르며 다시 앞을 바라보았다.

그렇게 투기장의 중심부에 도착했다.

그러자 반대편에서 챔피언이 입장하기 시작했다.

우워어어어어어어어어어어어어어아아아아!

그것은 지금까지의 함성과는 비교조차 할 수 없는 괴성이었다.

투기장 전체가 떠나갈 듯 진동하기 시작했다. 나는 본능적으로 귀를 막으려는 충동을 느끼며 쓴웃음을 지었다.

'인기가 엄청나군.'

그것은 단순한 인기가 아니었다.

대다수의 관중이 광기에 휘말린 상태다. 잠시 후 벌어질 참극에 대한 두려움과 기대로 피가 끓고 있는 것이다.

스컬킹은 검은색의 전신 갑옷을 걸치고 있었다. 그리고 작은 해골로 만들어진 커다란 목걸이를 걸고 있었다.

'설마 진짜 인간의 해골은 아니겠지?'

나는 자신감으로 넘치는 스컬킹의 걸음에 탄식했다.

그는 단 한순간도 자신의 승리를 의심하지 않고 있다.

표정과 걸음걸이만 봐도 알 수 있다. 그는 자신이 신에게 선택받은 인간이라는 확고한 믿음을 가진 타입이다.

전생에 나도 저런 타입의 군인들을 많이 봐왔다.

그리고 저런 타입은 대부분 전쟁터에서 먼저 죽음을 맞이했다.

물론 드물게 일부는 오래도록 살아남아 영웅으로 불렸다.

'하지만 그 어떤 영웅도 결국 인류의 멸망을 막아내진 못했다.'

갑자기 입맛이 씁쓸해졌다. 나는 걸치고 있던 코트를 벗어 직원에게 건네주었다.

그러자 눈앞에 도착한 스컬킹이 말했다.

"멋진 코트 아닌가? 왜 벌써 벗지? 아주 잘 어울렸는데 말이야."

"계속 입고 있으려니 덥군요. 무겁고 거추장스럽습니다."

"그래? 그런데 정말 그런 꼴로 싸울 건가?"

스컬킹은 상처투성이인 눈썹을 씰룩거렸다. 나는 평소와 같은 사막의 유목민 같은 복장이었다.

나는 웃으며 물었다.

"이렇게 입고 싸우면 안 됩니까?"

"혹시 규정을 못 들었나? 부하들이 서류를 줬을 텐데? 거기

갑옷도 무기도 마음대로 입어도 된다고 쓰여 있지 않았나?"

물론 쓰여 있었다.

하지만 나는 갑옷을 구입하지 않았다.

갑옷을 입고 싸우는 것 자체가 익숙하지 않았고, 특별히 그럴 필요도 느끼지 못했다.

나는 어깨를 으쓱이며 말했다.

"필요 없을 것 같아서요. 그냥 편안한 복장으로 왔습니다."

"큭큭… 그래, 물론 필요 없겠지. 하지만 아쉽군. 오랜만의 챔피언 방어전이 너무 싱겁게 끝날 테니 말이야. 비싼 갑옷을 입으면 적어도 한두 번은 목숨을 건질지 모르는데."

"제 생각도 마찬가지입니다."

나는 웃으며 검의 손잡이를 움켜쥐었다.

그러자 스컬킹도 들고 온 거대한 곤봉을 가볍게 휘둘러 보였다.

"네놈은 멍청이야. 고작 10,000셀이 아까워서 목숨을 내던지다니. 여기가 어떤 곳이고, 내가 어떤 놈인지 전혀 몰랐던 거냐?"

"몰랐지만 이젠 압니다. 그리고 그 돈은 좀 더 보태서 고스란히 도박에 걸었습니다."

"도박? 승부 예측 도박 말인가? 설마……."

잠시 생각하던 스컬킹은 푭, 하고 웃으며 소리쳤다.

"크하하하하하하! 진짜냐? 정말 네놈이 이기는 데 그 돈을 전부 건 거냐?"

"배당률이 8배가 넘더군요. 감사히 잘 쓰도록 하겠습니다."

나는 차분한 목소리로 대답했다.

그러자 자신감에 넘치는 스컬킹의 왼쪽 눈이 꿈틀거렸다.

"이 자식이 대체 뭘 믿고 이렇게 자신만만한가 봤더니… 오, 그래. 그사이에 스텟이 좀 더 올랐군?"

"네, 올랐습니다."

"큭큭… 그래. 부하들 보고는 받았지. 꽤나 필사적으로 수련한 거 같은데. 아주 좋아."

스컬킹은 만족한 듯 고개를 끄덕였다.

그는 중급 스캐닝을 가지고 있다. 그러니 지금 내 오러 스텟까지 확인했을 것이다.

328.

그것이 지금 내 오러 스텟이다.

하지만 이것은 최대치가 아니다.

이곳에 오기 전, 나는 일부러 오러 스킬을 남발해서 오러를 소모시켰다.

그래야 지금처럼 스캐닝을 해도 안심하고 시합을 시작할 테니까.

나는 마지막으로 스컬킹의 스텟을 확인했다.

이름: 핀 드리키스

레벨: 14
종족: 레비그라스인

근력: 281(284)
체력: 280(286)
내구력: 174(177)
정신력: 40(41)
항마력: 128(133)

특수 능력
오러: 346(349)
마력: 0
신성: 0
저주: 0

대부분의 현재 스텟이 최대 스텟에 근접해 있다.

겉으로는 자신감 넘치고 건방진 태도를 보이지만, 분명 오늘을 위해 만반의 준비를 갖춘 것이다.

흥미로운 사실은 그가 나보다 레벨이 1 더 낮은데도 기본 능력치의 대부분이 나보다 높다는 것이다.

그것은 분명 레너드의 육체가 가지고 있는 태생적인 한계일 것이다.

스컬킹의 덩치는 동료들 중에서도 가장 큰 빅맨과 비교해도 떨어지지 않을 정도였다.

'레벨 업을 통해 올라가는 스텟은 기본적인 육체의 스펙에 비례하는 경향이 있다. 어쩔 수 없지.'

중요한 건 오러를 발동시킨 이후다.

오러를 발동시키면 기본 스텟이 상승한다.

그리고 상승하는 폭을 좌우하는 것은 바로 오러의 색이다.

"어때, 내 스텟을 본 소감이?"

스컬킹이 실실 웃으며 물었다. 나는 느낀 그대로를 대답했다.

"기본 스텟은 정신력과 마법 저항력을 제외하고 당신이 높군요."

"크크… 그래도 여전히 자신이 넘치나? 물론 너도 얼추 비슷하게 맞춰오긴 했어. 잘했다. 우리 둘 다 소드 익스퍼트의 바로 전 단계니까. 내 오러는 349고, 네놈은 328이지."

"……."

"하지만 넌 몰라. 어차피 투기장은 규정상 비슷한 놈들끼리 싸울 수밖에 없다고. 그런데도 어째서 내가 지금까지 단 한 번도 패하지 않고 챔피언 자리를 지켜왔을 것 같나? 그건 바로……."

"됐습니다."

나는 고개를 저으며 상대의 말을 끊었다.

"더 이상 필요 없습니다. 그만 말하세요."

"…뭐?"

난 입을 다물었다. 그러자 스컬킹의 얼굴이 붉게 달아오르기 시작했다.

"이 건방진 자식이 어디서……."

"자자! 그럼 지금부터 시합 전에 주의 사항을 말하겠습니다!"

마지막으로 심판이 우리 둘 사이에 끼어들며 소리쳤다.

"지금부터 투기장의 3체급 챔피언인 스컬킹과 도전자인 샌드 웜 킬러의 챔피언전을 시작하겠습니다!"

심판도 오러 유저인 듯 목소리가 쩌렁쩌렁했다.

그러자 다시 한 번 관객들이 환호성을 질렀다. 심판은 한 발 뒤로 물러나 규칙을 설명했다.

"규칙은 간단합니다. 그 어떤 무기를 써도 되고, 그 어떤 방어구를 착용해도 됩니다. 항복을 선언하면 그 즉시 시합이 중단됩니다. 다만 신관의 축복은 반칙이니 시합 전에 제가 두 선수를 스캐닝하도록 하겠습니다."

그리고 나와 스컬킹을 번갈아가며 스캐닝했다.

"…문제없습니다. 그럼 투기장의 심판인 저 몬티아의 이름으로 시합이 성립되었음을 선언합니다! 이 시합은 항복이나 죽음을 제외한 그 어떤 외부의 방해로도 중단되지 않습니다!"

그렇게 소리친 다음, 심판은 몸을 돌려 부리나케 먼 곳으로 도망치기 시작했다.

우와아아아아아아아아아아아아아아아아!

온 천지가 함성으로 뒤덮였다.

그러자 스컬킹이 먼저 오러를 발동시키며 소리쳤다.

"자! 그럼 지금부터 신나게 놀아보자!"

멋진 포즈와 익숙한 대사다. 스컬킹은 양손에 쥔 봉 끝을 까딱거리며 말했다.

"뭐 하고 있지? 어서 오러를 발동시켜! 그게 선수들끼리 시합을 시작하는 신호다."

"……."

"켁! 혹시 겁먹은 거냐? 설마 시작하자마자 항복을 선언하려는 건 아니겠지?"

스컬킹은 한 손으로 봉을 쥔 채, 다른 한 손으로 목을 긋는 시늉을 했다.

"미안하지만 항복은 안 돼. 항복해도 넌 내가 죽일 거다. 심판이 달려오기 전에 말이야. 순식간이지. 크큭… 하지만 죽을 때까지 싸우면 만에 하나 내가 살려줄지도 몰라. 그러니 죽도록 싸워봐라. 물론 그때까지 너희 코너의 사제들이 얼마나 신성 스텟을 회복했는지가 문제겠지만!"

"방금 그 말, 그대로 돌려 드리겠습니다."

나는 천천히 칼을 뽑아 들며 말했다.

"미리 말씀드립니다. 항복하지 마세요. 그래도 죽일 겁니다."

"뭐? 네깟 놈이 어떻게 날 죽여? 무슨 수로?"

스컬킹은 코웃음을 치며 물었다.

나는 대답 대신 오러를 발동시켰다.

* * *

열화와 같던 관중석의 함성이 순식간에 사그라졌다.

"…녹색?"

"샌드 웜 킬러의 오러가 녹색이잖아?"

"뭐야? 저게 말이 돼?"

"스컬킹은 노란색인데?"

"녹색은… 소드 익스퍼트?"

"왜 소드 익스퍼트가 3체급 시합에 나온 거지?"

곧바로 의문과 의혹의 웅성거림이 퍼져 나갔다. 나는 아랑곳하지 않고 스컬킹을 향해 한 걸음을 내디뎠다.

"너, 너, 너 그 오러는……!"

스컬킹은 말문이 막힌 얼굴이었다.

그리고 나는 더 이상 그와 말을 섞고 싶지 않았다.

나는 오러 소드를 발동시킨 다음, 곧바로 적을 향해 몸을 날리며 검을 휘둘렀다.

"잠깐!"

스컬킹이 당황하며 봉을 치켜들었다.

파아아아아아아앙!

충돌 순간, 엄청난 소음이 사방으로 퍼졌다.

"큭!"

스컬킹은 신음 소리를 내며 뒤로 주춤거렸다.

그리고 나는 단 한 번의 공격으로 내가 낼 수 있는 최대치의 힘과 속도에 대해 파악했다.

'이겼다.'

나는 확신하며 재차 공격을 퍼부었다.

파아앙!

"야, 이 망할!"

파앙! 파아아앙!

"기다려! 이건 말도 안 돼!"

파앙! 파지지지직!

"이런 개 같은!"

스컬킹은 필사적으로 내 공격을 받아내며 미친 듯이 소리를 질렀다.

그는 확실히 뛰어난 전사였다.

어떻게든 지금 내 공격을 받아내는 것만 봐도 알 수 있다.

3단계 오러 유저와 1단계 소드 익스퍼트의 차이는 단순한 하나의 단계가 아니다.

핵심은 오러의 발동으로 상승하는 기본 스텟이다.

단순히 숫자만으로 비교할 때, 오러 스텟의 최대치가 349와 350의 차이는 고작 1뿐이다.

하지만 그로 인해 상승하는 기본 스텟은 엄청나다.

오러 유저일 때는 단계와 상관없이 30~40%의 스텟이 상승했다면 소드 익스퍼트가 된 다음에는 50~60%의 기본 스텟이 상승했다.

나는 지난 며칠 사이에 그 과정을 모두 경험했다. 승리를 확신했기 때문에, 나는 전투 중에 나 자신을 스캐닝하며 서로의 스텟을 비교하는 여유를 부렸다.

383(284)

이것이 오러를 발동시킨 스컬킹의 근력이고.

429(271)

이것이 오러를 발동시킨 나의 근력이다.

"이, 이, 이, 이이이익! 이건 말도 안 돼!"

한순간 틈을 만들어낸 스컬킹이 미친 듯이 뒷걸음치며 소리쳤다.

"너 이 자식! 소드 익스퍼트면서 3체급 시합에 나오는 게 어디 있어!"

기어이 대화를 하고 싶은 모양이다. 나는 적을 향해 칼끝을 겨누며 한숨을 내쉬었다.

"무슨 소립니까? 저보고 시합에 나오라고 한 건 당신입니다.

투기장으로 끌어들여 합법적으로 죽이려고요. 틀립니까?"

"하, 하지만 중간에 보고를 받았을 때는 분명 노란색 오러였는데… 말도 안 돼! 그사이에 각성을 하는 건 불가능해!"

나는 상관하지 않고 다시 공세를 취했다.

"아! 크! 으헉! 무슨 힘이 이렇게… 으악! 그만해! 너 이 자식! 이 개 같은 자식! 우왁! 너 이거 뭐야! 검술이 뭐 이래! 그냥 계속 똑같이 공격을… 으악! 이렇게 허술한 게 어디 있어! 키익! 크악! 이따위 형편없는 검술로 나를!"

물론 내 검술은 형편없을 것이다.

본격적으로 배운 지 열흘밖에 안 됐으니까.

코르시 사범에게는 그 어떤 검술의 기교도 배우지 못했다. 내가 익힌 것은 밸런스 소드 클랜이 정한 기본적인 베기와 찌르기뿐이다.

하지만 어깨에 힘을 빼고 가볍게 공격하는 것만큼은 자신 있다.

스컬킹은 자신이 가진 모든 기교와 오러 스킬을 동원하며 필사적으로 그것을 막아냈다.

그는 오러 실드를 따로 발동하지 않았다. 대신 자신의 봉에 필요해 따라 실드의 발동과 회수를 반복했다.

내 공격을 봉의 중심부로 막으면 그곳에 오러 실드를 추가로 전개하고.

파지지지지지직!

봉의 끝으로 공격을 받아낼 때는 또다시 그곳에 새롭게 오러 실드를 전개한다.

파지지지지지직!

방어에 성공할 때마다 강렬한 충격과 함께 노란빛의 오러가 불꽃처럼 튀어 오른다.

그것은 한눈에 봐도 감탄할 만큼 절륜한 기교였다.

과연 투기장 3체급 무패의 챔피언다운 기술이다.

그는 단지 힘으로 상대를 몰아붙이는 무식한 타입의 전사가 아니었다.

그에 비해 나는 이런 높은 레벨의 전투 자체가 처음이다.

하지만 아무래도 상관없다.

내가 유일하게 확신한 것은 높은 등급의 오러 유저가 무기를 이용해 싸우는 전투는 무조건 공격하는 쪽이 유리하다는 점이다.

그래서 나는 시작부터 무조건 공세로 밀어붙였다.

며칠 전에 클랜에서 훈련을 할 때도 그랬다.

2단계 오러 유저인 코르시의 공격을, 3단계 오러 유저인 내가 받아내는 데도 소모되는 오러는 내 쪽이 더 많았다.

하물며 지금 나는 소드 익스퍼트다.

그리고 상대는 3단계 오러 유저다.

검술 따윈 상관없다. 나는 공격하고, 상대는 그걸 피하거나 막아낸다.

스컬킹은 현란한 기술과 임기응변을 발휘해 수십 차례나 내 공격을 받아냈다.

하지만 그것을 위해 그가 소모한 오러는 극심했다.

전투가 시작된 지 고작 2분여 만에, 그는 마치 마라톤이라도 완주한 것처럼 거친 숨을 헐떡였다.

"그만해! 항복! 그만! 내가 졌다! 이제 그만해!"

스컬킹은 봉을 쥔 양손을 치켜들며 필사적으로 소리쳤다.

그사이, 나는 상대를 반대편 벽까지 밀어붙인 상태였다.

불과 10여 미터 뒤쪽으로 관중석이 보인다.

이 정도면 스컬킹의 외침이 관중들에게도 들렸을 것이다.

하지만 나는 신경 쓰지 않고 검을 휘둘렀다.

파지지직!

스컬킹은 치켜든 봉으로 내 공격을 받아냈다.

그리고 그 순간, 나는 지금까지 했던 그대로 튕겨난 칼을 당겨 찌르기로 전환했다.

아무런 기교도 없는 그저 적의 명치를 노리고 찌르는 단순한 찌르기.

힘도, 속도도 처음과 완전히 똑같았다.

하지만 스컬킹의 상태가 달랐다.

그는 첫 공격을 방어한 충격에서 벗어나지 못했다.

"큭!"

뒤늦게 봉을 회전하며 찌르기를 튕겨내려 했지만, 체력과 집중력이 떨어져 완벽한 타이밍에 반응하지 못했다.

그래서 난 공격에 성공했다.

콰직!

긴 칼끝이 적의 갑옷을 단숨에 꿰뚫었다.

동시에 적의 몸을 방어하고 있던 노란빛의 오러를 파괴하며 살 속 깊숙한 곳으로 파고들었다.

푸확…….

칼끝에 느껴지는 감촉은 생각보다 부드러웠다.

상대는 기본 내구력이 무려 170이 넘는 인간이다.

심지어 오러를 발동했으니 더욱 높아졌을 것이다.

나는 전생의 기억을 떠올리며 감탄했다.

애초에 전생의 귀환자들 중에 3단계 오러 유저는 120미리포를 직격으로 맞고도 아무렇지도 않게 견뎌냈다.

그런 적을 고작 칼 한 자루로 관통해 버린 것이다.

"쿨럭……."

명치가 꿰뚫린 스컬킹은 입으로 피를 쏟으며 뒷걸음쳤다.

나는 마지막 일격을 날리기 위해 칼을 치켜들었다.

"그만… 항복… 이제 항복이다!"

그는 고통스러운 얼굴로 마지막 힘을 다해 소리쳤다.

"그만! 그마아안! 중단이다!"

멀리서 심판이 시합 중단 선언을 하며 달려오는 것이 느껴진다.

하지만 상관없었다.

나는 한순간에 지면을 박차며 적을 향해 뛰어들었다. 그리고 첫 공격과 마찬가지로, 적의 미간을 향해 칼을 내리 그었다.

이미 치명상을 입은 적은 그 공격을 막아내지 못했다.

콰직!

끔찍한 소음과 함께 내 칼은 단숨에 적의 머리를 반으로 쪼개 버렸다.

그걸로 끝났다.

나는 뇌수를 흘리며 쓰러진 스컬킹을 향해 나지막한 목소리로 중얼거렸다.

"밸런스 소드 클랜의 코르시 사범님이 안부 전해달라고 하셨습니다. 그리고 당신에게 가족을 잃은 수많은 사람 역시……."

• 26장 •
부름을 받다

며칠 전.

스컬킹과의 시합이 본격적으로 홍보된 이후로, 예상치 못한 손님들이 숙소로 몰려들었다.

"투사님! 반드시 그 사악한 자를 꺾어주세요. 제 평생의 소원입니다!"

"스컬킹은 천하의 악인입니다. 그자는 단순히 재미로 제 남편을 죽였어요. 흐윽……."

"제 아들은 시합에서 패했습니다. 어쩔 수 없는 일이었죠. 하지만 항복 선언을 했습니다. 그런데도 그자는 제 아들의 머리를 박살 내버렸습니다. 바로 제 눈앞에서……."

“제 동생은 안티카 왕국의 기사 내정자였습니다. 3단계 오러 유저를 달성하자 행복하고 밝은 미래만 기다리고 있었어요. 그런데 스컬킹, 그자가 시비를 걸어 투기장에 끌어들인 다음 팔다리를 으스러뜨렸습니다. 다행히 제때 치료를 받아 목숨은 건졌지만… 몇 달 전에 결국 스스로…….”

그들은 모두 스컬킹에게 죽임을 당한 무투사의 가족이었다.

스컬킹이 챔피언으로 군림한 지난 10여 년 동안 그가 쌓은 악업은 내 상상을 뛰어넘는 수준이었다.

그래서 나는 그를 죽였다.

물론 그렇지 않아도 죽였을 것이다.

전생부터 나는 세상에 살아 있어봤자 도움이 안 되는 인간을 구분하는 데 탁월한 능력을 가지고 있었다.

그래서 아무 주저 없이 그를 죽였다.

덕분에 2만 씰로 예정된 승리 수당이 날아갔고, 금과 은으로 제작되었다는 챔피언 벨트도 받지 못했다.

하지만 공식적으로 나는 챔피언이 되었다.

주최 측에서 내 체급을 강제로 올려 버렸기 때문에 불과 사흘 만에 뺏겨 버렸지만, 어쨌든 잠시라도 나는 뱅가드의 명물인 투기장의 챔피언이 되었다.

물론 챔피언 자리 같은 건 아무래도 상관없다.

특히 돈은 전혀 아쉽지 않았다.

나는 승부 예측 도박에 15,000씰을 걸고 승리했다.

배당은 8.7배였다. 나는 10%의 세금을 제외한 117,450씰의 당첨금을 받았다.

"죄송하지만 관사를 비워주시길 바랍니다. 밤낮으로 사람들이 몰려와서 경비가 어렵군요."

치안관인 루덴이 난감한 얼굴로 숙소를 찾아왔다. 이미 한밤중이었음에도 불구하고 관사 주변에는 수많은 사람이 몰려 발 디딜 틈도 없을 정도다.

나는 쓴웃음을 지으며 대답했다.

"알겠습니다. 어쩔 수 없죠. 내일 오후까지 관사를 비워 드리도록 하겠습니다."

"개인적으론 어떻게든 여기 계속 모시고 싶지만… 위쪽에서 방침이 내려온지라 어쩔 수가 없군요. 아무튼 시합 소식은 잘 들었습니다. 개인적으로 주한 님의 행동에 무한한 지지를 보냅니다. 사람이 죽었는데 기분이 통쾌해지는 건 처음이군요."

루덴은 경례를 붙이며 밖으로 나갔다.

그사이, 기자 한 명이 득달같이 문틈으로 손을 쑤셔 넣으며 소리쳤다.

"저기! 잠시만요! 주간지인 웨스트 뱅가드의 기자입니다! 부디 승리 소감과 스컬킹의 죽음에 대해 한마디만……."

그러자 문지기를 자처한 빅맨이 무시무시한 얼굴로 노려보았다.

"당장 손 안 빼면 저주를 건다."

기자는 힉, 하고 소리를 내며 즉시 손을 빼냈다.

"이건 식으로 몰려올 줄은 몰랐군. 가십에 대한 열기가 거의 할리우드 수준인데?"

빅터가 킥킥거리며 술잔을 건넸다. 나는 가볍게 잔을 맞추며 안에 들은 맥주를 단숨에 들이켰다.

"저도 몰랐습니다. 어쨌든 단숨에 유명인이 되어버린 것 같군요."

"덕분에 더 위험해진 게 아닌가? 신성제국의 암살자가 노린다면 말이지."

"오히려 경고가 되었으리라 생각합니다."

나는 가볍게 오러를 발동시키며 말했다.

"이제 그들도 제가 소드 익스퍼트가 되었다는 걸 알았겠죠. 그러니 어지간한 병력으론 기습 자체를 시도하지 않을 겁니다."

"만약 그 이상의 전력을 보낸다면?"

"그럼 죽어야죠."

나는 어깨를 으쓱이며 웃었다.

"하지만 쉽진 않을 겁니다. 이야기를 들어보니 소드 익스퍼트 이상의 전사는 숫자도 적고 국가에서 관리한다고 하니까요. 그렇죠, 마무사?"

"…뭐? 아, 그래. 맞아."

마무사는 식당의 의자에 앉은 채 맥주를 통째로 퍼마시고 있었다.

“아무리 신성제국이라도 그런 인재를 막 굴리진 않을 거야. 물론 타고나길 비정상적인 집단이라 절대 아니라곤 말 못 하겠지만… 아, 오히려 다른 식으로 공략하지 않을까?”

“다른 식이요?”

“넌 이제 무투사니까 아예 그쪽도 암살자를 무투사로 등록해서 시합을 요청하는 거지. 그러면 합법적으로 널 죽일 수 있잖아? 얼마나 편한 방법이겠어?”

마무사는 살짝 취한 느낌이었다. 나는 식당으로 걸어가며 그에게 물었다.

“무투사는 잡힌 시합을 피할 수 없습니까?”

“한두 번은 가능하지. 하지만 계속 피하면 잘려.”

“그럼 그냥 잘리면 되겠군요. 아니, 당장 내일이라도 투기장 사무처에 가서 계약서를 파기해도 되고요.”

“잠깐! 그러지 마!”

마무사는 술이 확 달아난 얼굴로 소리쳤다.

“한 번이라도 챔피언에 오른 무투사는 투기장에서 은퇴할 때까지 월급을 준다고! 시합이 없어도 말이야! 그리고 넌 이제 4체급이잖아? 4체급은 어차피 시합 자체가 거의 없어! 그냥 앉아서 공돈을 버는 셈이야!”

월급에 대한 이야기는 처음 들었다. 나는 잠시 생각하다 물었다.

"4체급은 왜 시합이 거의 없습니까?"

"서로 안 하려고 하니까. 소드 익스퍼트씩이나 돼서 왜 미쳤다고 목숨을 걸고 투기장에서 싸우겠어?"

"그건 3단계 오러 유저도 마찬가지 아닙니까? 물론 희소성에 차이가 있겠지만, 그래도 그 정도만 되어도 수도로 올라가 기사가 될 수 있다고 하던데요?"

"말 그대로 희소성이 너무 달라. 3단계 오러 유저까지는 꽤 숫자가 많다고. 하지만 소드 익스퍼트부터는 확 줄어들어. 그리고 너무 강해서 시합 자체가 성립이 잘 안 돼."

"강해서 시합이 성립 안 된다?"

"그렇잖아? 뭐라고 할까… 나한텐 이미 별세계긴 하지만, 소드 익스퍼트 정도 되면 가진 힘이 너무 강하다고. 서로를 존중하며 싸운다 해도 순식간에 목숨이 날아가 버린단 말이야. 알겠어?"

나는 납득하며 고개를 끄덕였다.

"과연, 그런 문제는 있겠군요."

"그리고 사용하는 기술이 달라. 너는 이제 막 돼서 잘 모르겠지만, 소드 익스퍼트부터는 강력한 오러 스킬을 다룬다고."

"오러 브레이크(Aura break)나 컴팩트 볼(Compact ball) 같은 기술 말이죠?"

"어… 그래. 잘 알고 있구만."

마무사는 떨떠름한 표정으로 고개를 끄덕였다.

물론 나는 강력한 오러 스킬에 대해 잘 알고 있다.

귀환자를 연구하며 대처할 수 있는 기술과 전술을 개발하는 것이 전생의 내 역할 중 하나였으니까.

"아무튼 그런 기술을 막 남발하면 관중석에 대형 참사가 발생한다고. 그래서 쉽게는 안 열려. 괜히 스컬킹이 투기장 최강자로 군림하던 게 아니라고."

스컬킹과 시합한 지도 벌써 이틀이 지났다. 마무사는 술통을 열고 맥주를 한 잔 더 따르며 길게 한숨을 내쉬었다.

"아무튼 이젠 나도 모르겠네. 당신과 계약은 한참 전에 끝났는데… 이젠 뭐 자원봉사하는 느낌이야."

"돈과 노동에는 철저한 게 안티카 왕국 사람의 미덕 아니었습니까?"

"내 말이 그 말이야. 하지만 이건 너무 스케일이 커져서… 그냥 좀 가까운 데서 보고 싶었어. 하지만 이것도 여기서 끝이겠지."

마무사는 사람이 쫙 깔린 창밖을 보며 말했다.

"이젠 경비나 보안이 철저한 곳을 숙소로 삼아야 할 거야. 최고급 호텔이라든가. 하지만 외곽 도시엔 그런 호텔이 거의 없어. 결국 내곽 도시로 가야 한다는 거니까… 거기서부턴 정말 내 영역을 한참 넘어갔다고."

"가이드를 그만두실 겁니까?"

나는 표정에서 웃음기를 지우며 말했다.

"하지만 내곽 도시도 잘 아시던데요? 중급 각인당이라든가, 지하 도박장이라든가, 유명한 과자점이라든가……."

"헤, 그런 데는 아무나 들어갈 수 있으니까."

마무사는 손사래를 치며 말했다.

"하지만 이미 당신들과는 사는 세계가 달라졌어. 뭐, 아무튼 재밌었다고. 나도 이제 평범한 일상으로 돌아가야지."

"…그렇군요. 일단 그동안 수고하셨습니다."

나는 미리 준비해 놓은 돈주머니를 들고 마무사에게 건네주었다.

"이건 최근 며칠간 무상으로 도와주신 것에 대한 감사의 표시입니다. 얼마 되지 않으니 받아주세요."

"오, 성과급 같은 건가?"

마무사는 금방 밝아진 얼굴로 돈주머니를 열었다.

그리고 기겁을 하며 소리쳤다.

"우와! 뭐야, 이건! 너무 많아! 어쩐지 주머니가 너무 크다 했더니만!"

"모두 2,000씰입니다."

나는 차분하게 웃으며 말했다.

"이건 감사의 표시이자 동시에 계약금입니다."

"계약금? 무슨 계약?"

"아시다시피 저희들은 아직도 이쪽 세계에 대한 경험이 부족합니다. 그러니 괜찮으시면 앞으로도 지금처럼 가이드 겸 서포터 겸 조언가로 일해주셨으면 합니다."

"뭐? 아, 아니, 다른 건 다 둘째 치고……."

마무사는 당황을 가라앉히며 미심쩍은 얼굴로 물었다.

"조언가? 내 주제에 당신에게 무슨 조언을 할 수 있겠어? 투기장 챔피언에 소드 익스퍼트에 떼돈을 번 부자에게?"

"하지만 저희들은 지구인입니다."

나는 신중한 표정으로 말을 이었다.

"중요한 건 관점입니다. 마무사, 당신은 이쪽 세계의 인간이며 동시에 저희들의 출생을 알고 있습니다. 거의 유일하게 제대로 알고 있는 인간이죠. 그리고 여러 가지 뒤쪽 세계의 정보에도 능통합니다."

"아니, 능통한 정도는 아니야. 그냥 주워들은 소문을 알려준 거라고."

"그래도 좋습니다. 딱 그 정도의 위치이기 때문에 더욱 필요한 이야기를 들을 수 있을지도 모르니까요."

나는 어깨를 으쓱이며 말했다.

"물론 강요하진 않겠습니다. 선택은 당신의 몫입니다."

"으음… 으으음……."

마무사는 30초 정도 고민하다 물었다.

"만약에 내가 거절하면 이 돈은 어떻게 되지?"

"그래도 당신의 것입니다. 대신 계약금이 아니라 입막음용 뇌물이 되겠죠."

"입막음? 아… 그렇구만."

마무사는 이해했다는 듯 고개를 끄덕였다.

그러고는 입을 다물며 한동안 생각에 잠겼다.

그리고 나는 마무사가 어떤 고민에 빠져 있는지 정확히 예상할 수 있었다.

'이미 자신도 얽혀 버렸다는 걸 깨달았겠지. 돌이키기엔 늦었어. 괜히 정보를 캐내려는 스컬킹의 잔당이나 신성제국의 위험에 무방비로 노출되기보다는 차라리 그냥 발을 푹 담가 버리는 게 좋다고 판단할 거다.'

"…그전에 궁금한 게 있는데."

잠시 후, 마무사는 조심스럽게 이야기를 꺼냈다.

"그럼 난 너희 조직의… 아니, 조직인지 뭔지는 모르지만 아무튼 그쪽의 정식 직원이 되는 건가? 그럼 급여는 어떻게 되는 거지? 이 계약금에서 천천히 까는 거야?"

"계약금은 말 그대로 계약금입니다. 급여는 월급의 형태로 매달 드리겠습니다."

"얼마나 주는데?"

"매달 300씰씩 추가로 드리겠습니다."

"300씰이라……."

마무사는 심각한 표정으로 고민했다. 그러고는 결심한 듯 고개를 끄덕였다.

"좋아. 그 제안 받아들이겠어."

"감사합니다. 그럼 곧바로 주의 사항을 말씀드리겠습니다."

마무사의 결정은 예상대로였다. 나는 미리 준비했던 주의 사항을 줄줄이 늘어놓기 시작했다.

"먼저 오러 수련을 지금보다 더 자주 해주셔야 합니다. 사흘에 한 번이 아닌 이틀에 한 번씩, 혹은 다른 일이 없다면 매일 말이죠."

"엥? 그건 또 왜? 돈 벌려면 당신들 일 도와야 하는 거 아냐?"

"당신이 최대한 빠르게 각성하고 강해지는 게 바로 저희들을 돕는 겁니다. 그리고 당신이 가진 인맥이나 정보망을 최대한 활용해 주십시오. 지금처럼 가벼운 관계가 아니라 유용한 정보를 빠르게 접할 수 있도록 치안, 경제, 도시나 국가 관계 등의 소문을 빠르게 접하고 알려주실 수 있어야 합니다. 만약 여기에 추가적으로 경비가 들어간다면 당연히 제공해 드리겠습니다."

"아니, 잠깐……."

"쓸데없이 부풀려서 속이지만 않으면 액수는 아무리 커도 상관없습니다. 특히 투기장의 동향과 스컬킹의 부하, 혹은 추종자들의 동태에 대한 정보에 집중해 주세요. 그리고 투기장의 세력이 어디까지 뻗어 있고, 그 힘의 규모가 어느 정도인지에 대한 정보도 필요합니다."

"뭐, 아니, 내가 그걸 어떻게……."

"세간에 퍼진 인식과 실제 현실의 차이 같은 것도 알아내십시오. 물론 지금처럼 소문을 직접 내주시는 것도 필요합니다. 저희들이 당신 고향 주변에 있는 산속 깊은 곳의 격리된 마을 출신이라는 이야기도 당신이 지어낸 이야기죠? 아주 잘하셨습니다. 그런 식으로 정보 조작을 서서히 퍼뜨리는 것도 중요한 업무입니다."

"…뭐?"

마무사는 어안이 벙벙한 표정이었다.

나는 가볍게 웃으며 친절하게 다시 한 번 설명해 줬다.

그런데 그때, 입구 쪽에서 실랑이 소리가 들렸다.

"됐으니까 돌아가라. 밤이다. 내일 낮에 다시 와라. 내 말이 말 같지 않나?"

문을 지키고 있는 빅맨의 목소리가 점점 거칠어졌다. 나는 한숨을 내쉬며 그쪽으로 걸어갔다.

나는 빅맨에게 괜찮다는 표정을 지으며 문을 열었다.

"취재라면 내일 낮에 해주십시오. 지금은 밤이 너무 깊었으니……."

그곳에는 하얀 갑옷을 입은 여자가 뻣뻣한 태도로 눈살을 찌푸리고 있었다.

여자는 딱딱한 목소리로 말했다.

"저는 기자가 아닙니다."

"아… 딱 봐도 그렇군요. 누구십니까?"

"저는 안티카 왕국의 백룡기사단 소속 2성(星) 기사인 비타인 로세입니다. 실례지만 '샌드 웜 킬러' 본인이십니까?"

여기사는 20대 후반 정도의 나이에 쇼트커트의 붉은 머리카락을 가지고 있었다.

나는 얼굴에 주근깨가 가득한 여기사를 보며 고개를 끄덕였다.

"샌드 웜 킬러는 닉네임이고, 본명은 문주한입니다. 주한이라고 불러주십시오. 그런데 무슨 일로 오셨습니까?"

"백룡기사단은 안티카 왕국의 수호를 맡아 전국의 주요 도시에 지부를 두고 있습니다. 저는 이곳 뱅가드 지부 소속으로, 전쟁과 테러 같은 특수한 상황이 발생했을 시 뱅가드의 대대 병력을 지휘할 권한을 가지고 있습니다."

"…그런데요?"

"그래서 저는… 이 아니라."

로세란 여기사는 갑자기 자책하듯 손가락으로 머리를 두드리기 시작했다.

"실례했습니다. 잠시 당황해서 자기소개만 계속 늘어놓았습니다. 용서해 주십시오. 샌드 웜… 아니, 주한 님."

"괜찮습니다. 그보다도 용건을 말해주십시오."

"네, 사실 어제부터 꼭 뵙고 싶었습니다. 저도 투기장에서 당신의 시합을 봤습니다. 멋졌습니다. 물론 오러가 달랐지만 통쾌했습니다. 후우… 아, 죄송합니다. 용건 말씀이죠."

여기사의 태도가 뻣뻣한 건 긴장했기 때문이었다.

로세는 갑자기 붉어진 얼굴로 쥐고 있던 편지를 내밀었다.

"이것은 백룡기사단 뱅가드 지부에서 주한 님께 공식적으로 보내는 소환장입니다."

"소환장?"

"네. 자유력 447년 6월 17일 정오까지 뱅가드의 내곽 도시에 있는 백룡기사단 지부에 출석해 주시기 바랍니다."

"목적이 뭡니까?"

"목적은 새로 확인된 소드 익스퍼트 등급의 전사에 대한 조사와 등록입니다."

로세는 속이 타는 듯 혀로 입술을 살짝 핥으며 말했다.

"이는 당연한 절차입니다. 소문으로는 주한 님이 매우 깊은 산골의 시골 출신이라 왕국의 법규에 대해 밝지 못하신 것 같습니다만."

"아, 그렇습니다. 그래서 제가 그쪽으로 좀 약합니다."

"너무 당황하실 필요는 없습니다. 강제로 어떤 조치를 취하는 건 아니니까요. 소드 익스퍼트는 국가적으로 중요한 전략적 자산입니다. 부디 출석하셔서 정상적인 절차를 마치고 저희 백룡기사단에… 아, 아닙니다."

로세는 또다시 당황하며 고개를 저었다.

"방금 그건 실언입니다. 등록되지 않은 소드 익스퍼트에 대한 스카우트 행위는 기사단의 협약에 의해 제약되어 있습니다. 방금 제 말은 잊어주십시오. 부탁드립니다!"

그러고는 깊이 고개를 숙였다. 나는 여기사의 정수리를 보며 쓴웃음을 지었다.

'덩치는 나보다 큰 것 같은데… 하는 짓이 귀여운 사람이군.'

나는 로세가 고개를 숙인 사이 그를 스캐닝했다.

3단계 오러 유저에, 기본 스텟도 매우 출중해 보인다.

나는 헛기침을 하며 그녀에게 물었다.

"6월 17일이면 내일모레군요. 만약 출석하지 않으면 어떻게 됩니까?"

"그럼 다시 제가 소환장을 들고 주한 님을 찾아옵니다."

"만약 계속해서 안 나가면?"

"그, 그럼 제가 계속해서 다시 오게 됩니다."

로세는 난처한 표정으로 입술을 깨물었다. 나는 가볍게 웃으며 고개를 저었다.

"농담입니다. 내일모레 반드시 출석하도록 하죠."

"감사합니다! 그럼 그때 다시 뵙도록 하겠습니다."

로세는 즉시 주먹을 가슴에 대며 경례를 붙였다. 그러고는 곧바로 몸을 돌려 몰려든 인파를 헤치며 유유히 빠져나가기 시작했다.

그리고 다시 기자들과 팬들이 몰려들었다.

"저기 잠시만요!"

"월간 투기장에서 나왔습니다! 부디 경기 소감을!"

"사랑해요, 샌드 웜 킬러! 날 안아줘요!"

"당신은 영웅이야! 우리 모두의 영웅이라고!"

나는 재빨리 집 안으로 도망친 다음 마무사에게 말했다.

"지금 바로 소드 익스퍼트의 국가 등록 절차와 백룡기사단에 대한 정보를 알려주세요. 아니, 안티카 왕국에 있는 모든 기사단에 대한 정보가 필요합니다."

* * *

마무사가 알고 있는 건 기본적인 상식 수준이었다.

"전에 말했잖아? 소드 익스퍼트부터는 국가에서 관리한다고."

"하지만 그건 신성제국처럼 강압적인 국가의 이야기 아니었습니까?"

"자유 진영도 마찬가지야. 물론 저쪽처럼 막 강압적인 건 아니고… 그냥 말 그대로 등록만 하는 거 같던데."

"등록해서 뭘 합니까?"

"관리를 하지. 근데 나도 확실히는 몰라. 아는 사람 중에 소드 익스퍼트가 있는 것도 아니고. 확실한 건 국가에서 월급을 준다는 거야."

"그럼 투기장과 안티카 왕국 두 군데서 월급을 받는 건가?"

빅터가 재밌다는 얼굴로 끼어들었다. 나는 고개를 저으며 말했다.

"월급 같은 건 아무래도 상관없습니다. 오히려 그로 인해

특정 세력에 묶여 버리는 게 더 위험합니다."

"아! 어차피 기사단에 들어가면 투기장에서 자동으로 탈락 되던가?"

마무사가 손가락을 튕기며 말했다.

"맞아. 그럴 거야. 그럼 두 군데서 동시에 월급은 못 받겠네."

"국가에 등록된다는 건 자동으로 기사단에 들어간다는 겁니까?"

"아마도? 물론 꼭 그런 건 아닌데… 대부분이 기사단에 들어가는 걸로 알고 있어. 평생직장에, 존경받는 직업이고 사회적으로 힘도 강하니까."

"그래서 아까 로세라는 기사가 자기네 기사단에 들어오라는 식으로 이야기를 하려 했군요."

"스카우트 제의였던 거냐? 챔피언이 되더니 인기가 엄청나졌구만."

빅터가 웃으며 말했다. 난 쓴웃음을 지으며 마무사에게 물었다.

"하지만 본인이 원하지 않으면 기사단에 들어가지 않아도 상관없는 건가요?"

"그럴 거야. 근데 기사단에 들어가는 건 영광이라… 뭐, 나 같은 사람에겐 별세계의 이야기지만."

"어째서 그렇습니까?"

마무사는 손가락 두 개를 펼치며 말했다.

"입단 최저 라인이 2단계 오러 유저거든."

"2단계라… 그럼 당신도 언젠가 들어갈 수 있지 않습니까?"

"난 1단계 오러 유저로 만족할 생각이야. 뭐, 2단계도 불가능하진 않겠지. 하지만 그때부턴 또 다른 걸 따져. 출신이나 가문 같은 거. 물론 기사단마다 따지는 기준이 많이 다른 거 같지만."

마무사는 고개를 끄덕이며 기사단에 대해 말했다.

"안티카 왕국에는 총 네 개의 기사단이 있어. 나도 한때는 관심이 있어서 조사를 했었는데… 그러다 안 될 거 같아서 일찍 포기하고 무투사로 진로를 바꿨지."

"기사단의 종류에 대해 자세히 말씀해 주십시오."

"먼저 방금 왔던 백룡기사단이 있어. 여기가 기사단 서열 2위야."

"기사단마다 서열이 있습니까?"

"공식적인 건 아니지만… 아무튼 그래. 하는 일은 수도를 포함한 주요 도시의 핵심 시설 경비야. 핵심 시설을 적국의 강력한 전사나 마법사가 몰래 침투해서 파괴하면 곤란하니까. 그리고 전쟁 나면 각 도시의 병력을 지휘하는 지휘권도 가지고 있지."

"권한이 대단하군요. 그런데도 서열이 2위란 말입니까?"

"1위가 흑룡기사단이니까. 거긴 완전 엘리트만 모인 곳이라고."

마무사는 엄지손가락을 치켜세우며 말했다.

"흑룡기사단의 역할은 왕가의 수호야. 1순위는 국왕이고, 그 밖에 왕비나 왕자들 같은 왕족들을 지키는 게 목적이지. 유사시엔 국왕의 대리자가 되어 왕국 전체의 병력을 지휘할 수도 있고."

"국왕의 대리라니, 그럼 당연히 서열 1위겠네요."

"그런데 정원이 딱 열 명이야. 여긴 뭐, 금수저 물고 태어난 놈들이 간다고 봐야지."

"나머지 두 기사단은 어떻습니까?"

"서열 3위인 청룡기사단은 주로 국경이나 주요 항구도시를 집중적으로 지켜. 4위인 적룡기사단은 집단 전투 기사단이고."

"집단 전투 기사단이 뭡니까?"

"말 그대로 집단으로 전쟁에 동원되는 거. 2단계 오러 유저는 그보다 높은 등급에게 당연히 밀리잖아?"

"물론 밀리겠죠."

"그런데 적룡기사단은 그런 전사들을 집단으로 훈련시켜서 더 강력한 시너지를 일으키는 게 목적이야. 집단전으로 보다 높은 단계의 전사들과 싸우는 거지. 좋게 말하면 전쟁의 주력군이고… 나쁘게 말하면 2단계 오러 유저인데도 화살받이가 되는 거야."

"그건 장관이겠군요."

나는 주황색 오러를 발산하는 수백 명의 전사가 일제히 적진으로 달려드는 장면을 상상했다. 마무사는 모르겠다는 듯 고개를 저으며 말했다.

"나야 모르지. 근데 실은 내가 노려봤던 곳도 여기야. 유일하게 적룡기사단만 1단계 오러 유저도 받아주거든. 거기서 훈련을 통해 2단계로 올라가는데… 근데 훈련이 너무 빡센 거 같더라고. 물론 다른 기사단도 마찬가지겠지만."

마무사는 어깨를 으쓱이며 입을 다물었다.

만족스러운 설명은 아니었다.

하지만 덕분에 기사단에 대한 기본적인 정보는 파악할 수 있었다. 나는 몇 가지 이야기를 더 나누며 기사단에 대해 좀 더 자세히 캐냈다.

*　　*　　*

침대에 누운 것은 한 시간쯤 지난 후였다.

'이제 이 괴상한 숙소도 오늘이 마지막인가…….'

나는 멀리 보이는 식당의 테이블을 바라보며 생각했다.

숙소의 구조는 여섯 개의 침대가 놓인 침실과 거실과 식당으로 이뤄져 있다.

하지만 각 공간을 나누는 파티션이 없어 커다란 원룸처럼 보이기도 했다.

비록 오래 머물진 않았지만, 그래도 며칠 사이 정든 공간이었다. 나는 이미 잠에 빠진 커티스와 스네이크아이의 숨소리를 들으며 가볍게 심호흡을 했다.

'오늘은 잠들기 전에 할 일이 있지.'

그리고 스스로를 스캐닝했다. 스컬킹을 죽이고 지금까지 너무 바쁘고 혼란스러워서 스스로를 스캐닝할 마음의 여유가 없었다.

중요한 건 다섯 번째 퀘스트의 내용이었다.

퀘스트5: 뱅가드의 투기장에서 챔피언이 되어라(중급) — 성공!

'역시 성공했군.'

기대했던 그대로다.

이걸로 또다시 각인 능력의 등급을 올릴 수 있다.

'여기서 상급인 언어의 각인을 다시 한 번 높이면 최상급으로 된다. 동시에 각인 능력에서 초월 능력으로 옮겨가지. 대체 어떤 기능이 추가될까?'

샌드 웜 같은 몬스터와 대화가 통하는 것부터가 이미 초월적이었다.

그런데 여기서 한 단계 더 높이면 대체 무슨 일이 벌어지는 걸까?

나는 90%의 호기심과 10%의 불안감을 느끼며 퀘스트의 보상을 열었다.

[퀘스트 성공. 보상을 고르시오.]

[보상은 아래 세 가지 중에 하나를 고를 수 있다.]

[1. 기본 능력의 상승]

[2. 특수 능력의 상승]

[3. 각인 능력의 등급 상승]

나는 즉시 3번에 의식을 집중했다.

그러자 문장이 사라지며 새로운 선택문이 나타났다.

[현재 등급을 높일 수 있는 각인 능력은 하나다.]

[1. 언어(상급)]

나는 언어란 단어에 의식을 집중했다.

그러자 새로운 설명문이 나타났다.

[언어(상급)를 언어(최상급)로 등급을 높입니다. 최상급 등급에 도달했으므로, 이 능력은 '초월' 항목으로 넘어갑니다.]

'아, 이미 된 건가?'

하지만 별다른 변화는 느껴지지 않았다. 나는 침대에 누운 채 양손을 돌려보며 생각했다.

'잘은 모르지만 무언가 강력한 능력이 생겼을 거다. 그러고 보니 전에 스캐닝을 최상급으로 높였을 때 설명이 나왔던 거 같은데…….'

확실히 설명문을 봤던 기억이 났다.

하지만 그것은 다음 날이었다.

'어째서 다음 날이었지?'

이유는 간단했다.

나는 번개에 맞고 기절했으니까.

그것은 이번에도 마찬가지였다. 나는 순간적인 번뜩임과 함께, 숙소 천장으로부터 떨어진 번개에 정통으로 얻어맞았다.

소리는 아무것도 나지 않았다.

다만 순간적으로 빛이 번뜩였다. 나는 아직도 식당에서 맥주를 퍼마시던 마무사가 소리를 지르는 것을 들으며 빠르게 의식을 잃었다.

"뭐야, 주한! 방금 대체 무슨 일이야! 뭔가 번개 같은 게 번쩍하고 당신 위로 떨어졌어!"

*　　　*　　　*

정신을 차렸을 때, 나는 못 보던 침대에 누워 있었다.

"일어났군!"

"드디어 깨어났구나!"

"괜찮은 건가? 몸은 좀 어떤가, 주한!"

정신을 차리자마자 주변에 있던 동료들의 폭풍 같은 안부가 쏟아졌다.

하지만 몸 상태는 완벽하게 정상이었다. 오히려 온몸에 기운이 충만한 것을 느낄 수 있었다.

그나마 부족한 게 있다면 허기와 갈증이었다. 나는 옆에 있던 램지에게 물었다.

"램지 씨? 제가 얼마나 기절했습니까?"

"휴… 깨어나서 천만다행이네."

램지는 먼저 손에 쥐고 있던 물수건을 내려놓으며 안도의 한숨을 내쉬었다.

"자네는 꼬박 이틀 동안 의식 불명이었다. 그런데 전에도 이러지 않았나? 수용소에서 같은 방을 쓰고 있을 때?"

그것은 스캐닝을 최상급으로 높였을 때의 이야기였다. 나는 고개를 끄떡이며 힘겹게 몸을 일으켰다.

"네. 전에도 그런 적이 있었습니다. 일단… 물부터 주시겠습니까?"

그러자 침대 발치에 서 있던 커티스가 부리나케 달려가 물컵을 들고 돌아왔다. 나는 감사히 물을 받아 마시며 말을 이었다.

"그때는 반나절 정도 기절했던 거 같은데, 이번에는 무려 이틀이군요."

"대체 무슨 일이지? 혹시 오러를 너무 빨리 높여서 생긴 부작용인가?"

빅터의 검은 얼굴엔 여전히 근심이 가득했다. 나는 일단 모두를 안심시키며 말했다.

"일단 생명이나 건강은 문제없습니다. 걱정하지 않으셔도 됩니다. 그리고 오러 때문은 아니지만… 그와 비슷한 현상입니다. 제가 너무 급격하게 강해져서 생긴 부작용이라 할 수 있죠. 하지만 일시적인 현상이니 괜찮습니다."

"마무사의 말로는 네가 번개를 맞았다던데, 그게 정말인가?"

"진짜 번개는 아닙니다. 번개였으면 숙소 지붕부터 박살이 났겠죠."

나는 그제야 처음 보는 방안을 둘러보며 물었다.

"그런데 여긴 어딥니까?"

"호텔이다. 27번가에서 그나마 가장 좋은 호텔이라고 마무사가 추천하더군. 푸른 바위산 호텔이었나?"

"제가 기절한 사이에 숙소를 옮긴 건가요?"

"그래. 사람들이 계속 몰려와서 어쩔 수 없이 관사를 비워줬지. 그런데 네가 의식 불명이라는 게 밝혀지면 곤란할 것 같아서 간단한 쇼를 벌였다."

빅터는 피식 웃으며 당시의 일을 설명했다.

"식량을 대량으로 구입한다고 마차를 한 대 끌고 와서는 상자를 가지고 숙소로 들어왔다. 그리고 그 상자에 널 집어넣고는 여기까지 옮겨 왔어."

"잘하셨습니다. 제가 의식이 없다는 소문이 나면 적들이 무슨 행동을 벌일지 모르니까요."

"칭찬을 할 거면 마무사에게 하라고. 그 녀석이 낸 꾀니까."

"계약금 주고 고용한 값을 하는군요."

난 침대에서 완전히 몸을 일으키며 생각했다.

확실히 방심했다.

물론 번개가 떨어지리란 것까지는 예상했다.

'그리고 전처럼 반나절쯤 기절했다 깨어날 거라고 생각했지. 그런데 이틀이나 뻗어 있을 줄이야…….'

다행인 건 의식이 없는 동안 동료들이 취한 현명한 대처였다. 나는 안도의 한숨을 내쉬며 근처에 있는 테이블에 앉았다.

그리고 스스로를 스캐닝했다. 하지만 눈앞에 떠오른 건 스텟창이 아니었다.

[초월 능력 '언어(최상급)'을 획득한 것을 축하한다.]

[초월 능력은 초월체가 인간에게 직접 내리는 각인 능력이다.]

[지금부터 획득한 초월 능력에 대한 설명을 시작한다.]

"아… 맞아. 그때도 이런 식으로 설명이 나왔지."

나는 나지막한 목소리로 중얼거렸다. 동시에 문장이 사라지며 새로운 문장이 나타났다.

[언어(최상급)는 세상에 있는 또 다른 차원의 존재와 소통할 수 있다. 대표적인 존재는 정령이다.]

설명은 딱 한 줄뿐이었다.

하지만 그 한 줄이 나타내는 의미는 파격적이었다.

'정령과 소통할 수 있다고? 그럼 정령사가 되었다는 건가?'

물론 정령사가 어떤 것인지는 모른다.

하지만 그것이 얼마나 압도적인 희소성과 존경을 받는 특수한 직업인지는 충분히 알고 있다.

바로 내가 그 정령사를 사칭해서 신성제국의 황자인 루도카에게 사기를 쳤으니까.

나는 피식 웃으며 고개를 저었다.

"이게 바로 인과응보라는 건가……."

"혹시 어지럽나? 그러고 보니 배가 고프겠군. 벌써 이틀이나 굶었으니……."

램지가 센스 있게 죽과 같은 음식을 가져다주었다. 나는 허기진 속을 달래며 말했다.

"어지럽지도 않고 아프지도 않습니다. 오히려 컨디션은 최고입니다."

그리고 뒤늦게 떠오른 스텟창을 살폈다.

이름: 레너드 조

레벨: 15

종족: 지구인, 초월자

근력: 273(273)

체력: 280(280)

내구력: 172(172)

정신력: 99(99)

항마력: 173(173)

특수 능력

오러: 359(359)

마력: 0

신성: 0

저주: 22(22)

초월: 시공간의 축복 – 죽으면 5분 전으로 회귀. 하루 5회

초월: 스캐닝(최상급) – 하루 10회

초월: 언어(최상급)

오러: 오러 소드(하급), 오러 실드(하급)

퀘스트1: 회귀의 반지를 파괴하라(최상급)

퀘스트2: 신성제국을 무너뜨려라(최상급)

퀘스트3: 레비교의 대신전을 파괴하라(상급)

퀘스트4: 레비교의 신관을 30명 제거하라(중급) – 현재 23명 제거

퀘스트5: 샌드 웜 킹을 퇴치하라(중급)

기절한 동안 몇 가지 변화가 생겼다.

우선 종족에 표시된 초월자(예비)에서 예비가 사라졌다.

'그럼 진짜 초월자가 된 건가?'

하지만 초월자라고 딱히 달라진 건 없다. 나는 스텟창을 그대로 내버려 둔 채 램지에게 물었다.

"램지 씨, 지금 제가 어떻게 보입니까?"

"음? 무슨 소린가?"

"기절하기 전이랑 무언가 다르게 보입니까? 생김새가 달라졌다던가?"

"글쎄… 딱히 차이점은 모르겠네. 물론 좀 초췌해 보이는군. 식사를 하고 목욕을 하는 게 어떤가?"

다른 사람의 눈에도 별다른 차이는 없는 것 같다. 나는 고개를 끄덕이며 스텟창의 '초월자'라는 단어에 의식을 집중했다.

[초월자 – 초월 능력을 세 개 가진 인간에게 주어지는 칭호. 기본 종족이나 적성과 상관없이 모든 특수 능력을 자유롭게 성장시킬 수 있다.]

'이건 뭐지?'

나는 확장된 문장을 몇 번이나 반복해서 읽었다.

'모든 특수 능력을 자유롭게 성장시킬 수 있다고? 오러와 마법을 동시에 쌓을 수 있다는 건가? 하지만 전에 만난 루도카도 세 종류의 특수 능력을 쓸 수 있었는데?'

단순히 루도카뿐이 아니었다. 전생의 귀환자들 중에도 다수의 특수 능력을 활용하는 '다중 능력자'가 있었으니까.

'분명히 무언가 차이점이 있을 텐데… 지금은 잘 모르겠군. 어쩌면 루도카나 귀환자들이 특별한 경우일 수도 있다. 이쪽 세상에서 다중 능력이 어떤 의미인지 알아두는 게 좋겠군.'

그다음은 물론 새로 생긴 초월 능력이었다.

최상급의 언어의 각인 능력.

'정령과 소통할 수 있다고? 하지만 딱히 주변에 정령 같은 건 안 보이는데?'

내가 생각하는 정령은 투명한 도깨비불 같은 존재였다.

혹은 불타는 작은 도마뱀이라든가, 아니면 소녀의 형상을 하고 있는 물의 정령 같은 이미지다.

하지만 딱히 그런 것은 보이지 않는다. 테이블이 나무라고 나무의 정령이 보이는 게 아니었고, 벽이 돌이라고 돌의 정령이 보이는 것도 아니었다.

'이것도 나중에 확인을 해야겠군. 정령은 세상에 깔려 있는

게 아니라 특별한 장소에만 존재하는 건가?'

나는 해결해야 할 숙제들을 기억하며 스텟창의 마지막을 살폈다.

보상을 받은 퀘스트가 사라지고, 새로운 퀘스트가 생겨 있었다.

샌드 웜 킹.

수용소를 탈출했던 우리를 공포로 몰아넣었던 막강한 몬스터.

'그때 녀석의 레벨이 33이었던가? 당장 15레벨인 내가 상대하긴 버거운 존재다.'

극단적으로 말하면 불가능한 존재다.

이번 퀘스트는 분명 빠르게 해결하기 힘들 것이다. 나는 남은 죽을 몽땅 입안으로 부어 넣으며 길게 생각했다.

'하지만 언젠가는 잡을 수 있겠지. 지금 당장은 퀘스트보다 중요한 문제들이 있다.'

예를 들면 기사단에 대한 문제라든가.

"잠깐!"

나는 헉 소리를 내며 의자에서 몸을 일으켰다.

"제가 이틀 동안 기절해 있었다고요? 그럼 지금이 대체 몇 시 입니까?"

"시간은 모르지. 하지만 아직 오전이야. 동이 트고 두세 시간 정도 지난 것 같은데? 아, 그러고 보니 마무사의 이야기로는 이쪽 세계도 시계가 있다더군. 꽤 고가이지만 이번 기회에 하나 장만하는 것도 나쁘지 않다고…….”

“괜찮으니 알아서 구입해 주세요! 저는 당장 백룡기사단으로 가겠습니다! 제 옷은 어디 있습니까!”

“여기 있네.”

그러자 램지가 기다렸다는 듯이 벽장에서 옷을 꺼내주었다. 나는 즉시 옷을 갈아입으며 다시 물었다.

“마무사가 필요합니다! 마무사는 이 호텔에 없나요?”

“그 녀석이라면 클랜에 있지.”

“클랜요?”

“계약 조건을 충실히 따라야 한다며 수련을 하러 갔어. 길 안내를 맡길 생각인가?”

나는 고개를 끄덕이며 즉시 호텔 밖으로 뛰쳐나갔다. 내곽 도시에 있는 백룡기사단은 몰라도, 밸런스 소드 클랜까지는 혼자서도 찾아갈 수 있었다.

* * *

뱅가드의 내곽 도시는 크게 세 개의 구역으로 나뉘어 있다.

A, B, C.

표시되는 단어 자체가 영어였다.

물론 차원경으로 지구의 문화를 체험하고 있으니 크게 놀랄 일은 아니다.

생각해 보면 처음 뱅가드에 왔을 때도 마찬가지였다. 문자는 읽을 수 없었지만, 숫자만큼은 지구의 아라비아 숫자와 동일하게 표시되어 있었다.

'그때는 그게 당연하다고 생각했지. 하지만 사실은 말도 안 되는 일이었어.'

나는 눈앞에 있는 새하얀 건물의 간판을 읽으며 생각했다.

백룡기사단 뱅가드 지부

이곳은 뱅가드의 내곽 도시 중에서도 관청과 사무실이 밀집한 A구역의 중심부였다.

"헤유… 겨우 찾아왔네."

힘겹게 길 안내를 해준 마무사가 가쁜 숨을 몰아쉬며 말했다.

"그럼 난 돌아가도 되나? 아니면 밖에서 기다리고 있을까?"

"같이 들어가면 안 됩니까?"

"안 되고말고. 이런 곳은 잡상인 출입 금지야. 나 같은 건 곧바로 엉덩이를 걷어차이고 말걸?"

마무사는 몸을 흔들며 호들갑을 떨었다. 나는 가볍게 웃으며 물었다.

"들어가 보고 싶긴 합니까?"

"그걸 말이라고 해? 평생에 한 번은 꼭 들어가 보고 싶은 곳이라고. 심지어 여긴 적룡도 청룡도 아니고 백룡기사단이라니까?"

"그러고 보니… 여기가 기사단 서열 2위라고 했죠."

"말이 2위지, 실제로 1위나 마찬가지야. 서열 1위인 흑룡기사단은 본부가 왕궁에 있고 지부는 아예 없으니까. 들어가는 것 자체가 불가능해."

마무사는 그렇게 말하며 한 발 뒤로 물러났다. 나는 그의 팔을 붙잡고 억지로 앞으로 끌고 가기 시작했다.

"알겠습니다. 그럼 같이 들어가죠."

마무사는 당황하며 소리쳤다.

"엥? 잠깐! 방금 내가 한 말 못 들었어?"

"잘 들었습니다. 평생에 한 번은 꼭 들어가고 싶다면서요?"

"그거 말고! 여기 잡상인 출입 금지라고!"

"당신은 제 동료입니다, 마무사."

나는 정색한 얼굴로 그를 노려보았다.

"아무리 월급 받고 일하는 직원이라도 말입니다. 그러니 절대로 잡상인이 아닙니다. 자부심을 가지십시오. 아시겠습니까?"

"세상에 그런 억지를……."

마무사는 질렸다는 얼굴로 몸을 떨었다.

그러자 기사단의 입구를 지키고 있던 두 명의 기사가 창날을 교차하며 앞을 가로막았다.

"멈춰라! 백룡기사단은 초대받거나 허가받은 자를 제외하고는 출입이 금지되어 있다!"

기사들은 갑옷에 투구까지 착용하고 있어 얼굴이 보이지 않았다.

나는 벌벌 떠는 마무사의 팔을 꽉 움켜쥔 채 미소와 함께 대답했다.

"안녕하십니까, 기사님? 저는 문주한이라고 합니다. 백룡기사단에서 보낸 소환장을 받고 여기까지 왔습니다."

"…그렇다면 소환장을 제출하라."

나는 로세에게 받은 편지를 기사에게 내밀었다.

"이건… 음?"

기사는 편지를 열어보지도 않은 채, 그것을 봉한 붉은 인장만 확인하고는 깜짝 놀라며 소리쳤다.

"실례했습니다! 부디 안으로 들어가 주시기 바랍니다!"

말투는 물론 목소리의 톤까지 변했다. 나는 쓴웃음을 지으며 두 기사의 사이로 몸을 들이밀었다.

• 27장 •

기사단의 각축전

그곳은 마치 지구의 재판소와 비슷한 분위기의 공간이었다. 나는 재판소의 정중앙에 앉아, 재판관 자리에 앉은 지부장의 질문에 하나씩 대답했다.

"…방금 그대가 말한 '부천'이란 마을은 맵온(Map on)에도 안 나타난다. 드라노스 산맥 속에 있다니… 실존하는 마을인가?"

"워낙 깊은 산속이라 주변에 있는 마을 사람들조차 잘 모르는 경우가 많습니다."

부천은 전생의 내 고향이다.

나는 전생과 현생의 부천 시민들에게 마음속으로 사과하며 거짓말을 둘러댔다.

"주민은 고작 50명도 안 됩니다. 주로 화전을 일구거나 약초와 사냥으로 생계를 이어나갑니다."

"그런가… 알겠다. 그래도 한 가지는 확실하게 물어봐야겠군. 그대는 신성제국 출신이 아닌가?"

"아닙니다."

"알겠네. 음, 너무 기분 나빠하진 말게. 이것도 다 절차일 뿐이니까."

헥터라는 이름의 지부장은 잿빛 머리카락을 가진 50대의 기사였다.

그는 문서에 몇 가지를 적어 넣으며 계속 질문을 던졌다.

"나이는 몇 살인가?"

"스물하나입니다."

"현재 거주지는?"

"치안관 루덴의 호의로 뱅가드 27번 구역 관사에서 살고 있었습니다. 지금은 약간의 문제가 있어 근처의 호텔로 옮겼습니다."

"약간의 문제?"

"사람들이 너무 많이 몰려와서 치안 관리서가 역할을 제대로 할 수 없었습니다. 투기장 시합의 영향입니다."

"그런가… 알겠네. 현재 직업은?"

"무투사 겸 헌터입니다. 헌터는 정식 등록은 하지 않았습니다."

"비등록 헌터… 그래, 그런 사람도 꽤 있지. 음, 알겠네."

지부장은 작성한 문서를 정리하며 고개를 끄덕였다.

"그럼 소드 익스퍼트인 문주한의 국가 등록을 마치겠네. 자네는 이제 안티카 왕국의 1단계 소드 익스퍼트이네. 모든 인증 절차가 끝나면 안티카 왕국이 속한 자유 진영 어디에서도 자신의 권리를 행사할 수 있네. 축하하네."

"이걸로 끝입니까?"

나는 왼쪽의 방청석으로 추정되는 공간에 앉아 있는 기사들을 보며 물었다. 지부장은 가볍게 웃으며 고개를 끄덕였다.

"끝이네. 별거 있겠나? 이건 그저 간단한 절차일 뿐이네. 힘든 건 지금부터지."

"네?"

"그럼 난 이만 들어가겠네. 지금부터 힘들겠지만… 고생하게나."

지부장은 문서를 들고 안쪽에 있는 문을 열고 들어가 버렸다. 나는 그 자리에 앉은 채 어리둥절했다.

'이건 뭐지? 정작 등록 절차는 다 끝났는데 지금부터 힘들 거라고?'

그러자 방청석에 앉아 있던 세 명의 기사가 득달같이 몰려들었다.

"안녕하십니까, 문주한 님. 저는 백룡기사단의 2성 기사인 비타인 로세입니다. 다시 만나 뵙게 되어 반갑습니다."

“안녕하십니까, 샌드 웜 킬러, 아니, 문주한 님. 만나 뵙게 되어 영광입니다. 저는 청룡기사단의 2성 기사이자 인재 영입 담당관을 맡고 있는 세바스티안 프레져입니다.”

“반갑습니다. 저는 적룡기사단 소속 사무관인 케노피입니다. 최근 소문이 자자한 샌드 웜 킬러를 직접 만나 뵙게 되어 감격하고 있습니다.”

백, 청, 적.

서로 다른 색의 갑옷을 입은 세 명의 기사가 동시에 명함을 건네주며 자기소개를 했다.

나는 그제야 지부장의 말을 이해할 수 있었다.

국가 등록은 말 그대로 형식적인 절차일 뿐이다.

핵심은 등록된 소드 익스퍼트를 영입하려는 세 기사단의 각축전이었다.

나는 주위를 둘러싼 세 기사의 압박에 벌써부터 숨이 막히는 것을 느꼈다.

* * *

“국가 전략의 핵심은 핵심 도시의 방어입니다. 그것을 감안하면 저의 백룡기사단이 핵심 기사단이며, 주한 님은 바로 그런 기사단에 어울리는 핵심 인재라고 할 수 있습니다.”

“천만에요. 도시 방어는 우리 청룡기사단도 합니다. 전쟁시에 항구도시를 수호하는 게 얼마나 중요한 일이지 모르십니까? 그리고 나이트 로세, 당신은 너무 핵심이란 단어를 남발하고 있어요. 안티카 왕국의 기사단 중에 중요하지 않은 기사단이 어디 있습니까? 자유 진영에 속한 국가로서 선민사상은 이제 버려야 마땅합니다."

"나이트 프레져의 말씀이 옳습니다. 그런 의미에서 저의 적룡기사단의 역할은 유사시에 국가를 지키는 근본이라 할 수 있습니다. 전쟁의 핵심은 전장이니까요. 적룡기사단은 전쟁이 벌어지면 누구보다 먼저 최전선에 나가 적의 주력을 분쇄하는 핵심 전력으로……."

세 명의 기사가 번갈아가며 자신들의 기사단의 장점을 어필하고 있다.

정작 나는 그들의 대화에 끼어들 수조차 없었다.

뭔가 한마디를 하려 하면 다른 기사단에서 득달같이 반박하며 자신들의 입장을 늘어놓는다.

그래서 나는 양손을 펼치며 소리쳤다.

"모두 조용히 해주십시오!"

세 기사 모두 깜짝 놀라며 침묵했다.

나는 한숨을 내쉬며 낮은 목소리로 말했다.

"이제 됐습니다. 더 이상 말하지 않으셔도 됩니다. 세 기사단의 역할과 중요성에 대해선 충분히 이해했습니다. 그러니 이젠 제발 제가 질문을 할 수 있게 해주십시오."

“기분이 상하셨다면 죄송합니다.”

가장 먼저 로세가 고개를 숙이며 말했다.

“저희들이 너무 과열된 모양입니다. 아무래도 소드 익스퍼트의 외부 영입은 오랜만이다 보니…….”

“외부 영입은 드문 일입니까?”

“소드 익스퍼트 정도 되면 보통 성장 과정부터 유명해지니까요.”

청룡기사단에서 나온 세바스티안이 재빨리 끼어들며 말했다.

“보통 그 정도 실력자는 유망한 가문 출신이 대부분입니다. 시간과 돈을 쏟아부어 어린 시절부터 영재를 육성하죠. 실제로 가문이나 부친의 소속에 따라 대부분 입단할 기사단이 정해져 있습니다.”

세바스티안은 30대 중반으로 보이는 선이 굵은 남자였다. 그는 요란한 동작으로 양손을 번갈아 움직이며 나를 칭송했다.

“그러니 문주한 님 같은 경우는 매우 드물다고 할 수 있습니다. 대단한 일이죠. 소드 익스퍼트가 갑자기 튀어나오다니, 믿을 수 없는 일입니다. 심지어 나이도 스물한 살이라니! 이런 인재는 백 년에 한번 나올까 말까 할 테죠. 그런 의미에서 저희 청룡기사단은 문주한 님에게 완벽히 어울리는 기사단입니다. 왜냐고요? 저희들은 기사의 연령과 상관없이 가지고 있는 능력에 따라 역할을 부여하니까요. 만약 저희 쪽으로 오시면 곧바로 도시의 지부장이나 현장 지휘관 자리를 맡으실 수 있을 겁니다. 파격적이죠! 어디 고지식한 백룡기사단에서 이런 파격적인 대우를 할 수 있겠습니까?"

그러자 로세가 곧바로 반박했다.

"기다리십시오! 나이트 프레져. 그렇게 함부로 말씀하시면 곤란합니다. 저의 백룡기사단은 문주한 님께 뱅가드 지부의 부지부장을 제안할 생각입니다."

"그거 보십시오. 지부장도 아니고 부지부장 아닙니까?"

"아니, 지부장님이 멀쩡히 살아계신데 갑자기 그 자리를 넘길 수는 없잖습니까!"

"그런 게 바로 고지식하단 겁니다. 필요하다면 윗선을 물갈이해서라도 인재에게 자리를 마련해 줘야죠."

"아무리 그래도 지켜야 하는 선이 있는 겁니다!"

자칫하면 눈앞에서 칼부림이 벌어질 것 같았다. 나는 다시 한 번 목소리를 높여 소리쳤다.

"그만!"

"……."

"지금부터 경고하겠습니다. 앞으로 서로 다투거나 호객 행위를 하는 기사단에는 절대 들어가지 않을 테니 그리 알아두십시오."

"호객 행위라니……."

"이러다간 오늘 하루 종일 지나도 끝나지 않을 겁니다. 부탁이니 지금은 제 질문에 대답만 해주시기 바랍니다."

"…알겠습니다."

세 명의 기사가 동시에 대답했다. 나는 한숨을 내쉬며 질문했다.

"일단 이 기사단을 선택하는 일은 반드시 오늘 해야 하는 겁니까?"

"그렇지 않습니다. 하지만 가급적 빠르게 해주시면 감사하겠습니다."

로세가 대답했다. 나는 고개를 끄덕이며 다시 물었다.

"여긴 백룡기사단의 지부인데, 다른 기사단 분들은 어째서 처음부터 기다리고 계셨던 겁니까?"

"백룡기사단은 본래 역할을 제외하고도 주한 님과 같은 갑작스럽게 등장한 소드 익스퍼트에 대한 국가 등록 기관을 겸하고 있습니다. 그래서 백룡기사단이 등록한 인재와 일방적으로 교섭하지 못하도록 지부 내에 다른 기사단의 별실이 존재합니다."

"이렇게 모두 함께 교섭하는 게 원칙이죠. 세 기사단이 협의를 통해 만들어낸 제도입니다."

세바스티안이 설명을 덧붙였다.

실제로 당해보니 매우 거지 같은 제도였다.

마치 세 명의 세일즈맨에게 포위되어 강매를 당하는 기분이다.

대체 얼마나 많은 소드 익스퍼트가 이 정신없는 영업 멘트를 듣다가 결국 강압에 못 이겨 억지로 셋 중에 하나를 선택해야 했을까?

'물론 그 정도는 아니겠지. 안티카 왕국 사람이라면 저마다 마음에 품고 있는 기사단 하나쯤은 있을 테니까.'

나는 한숨을 내쉬며 다른 질문을 했다.

"기사단은 모두 네 개라고 들었습니다. 흑룡기사단은 이 자리에 참석하지 않습니까?"

"흑룡기사단은 어지간해선 이런 곳에 오지 않습니다."

적룡기사단의 대표로 나온 케노피가 눈살을 찌푸리며 대답했다.

"그들은 엘리트 집단이니까요. 물론 기사단 사이에 협약은 되어 있지만… 지금까지 그들이 외부 영입에 모습을 드러낸 건 한 번도 보지 못했습니다."

"뱅가드 지부에도 흑룡기사단을 위한 별실이 있습니다. 하지만 대부분 일 년 내내 비어 있습니다."

로세가 말했다. 나는 고개를 끄덕이며 자리에서 일어났다.

"알겠습니다. 그럼 제 선택을 말씀드리겠습니다."

순간 세 기사 모두 바짝 긴장했다. 나는 한쪽 어깨를 으쓱이며 말했다.

"저는 오늘 기사단을 선택하지 않겠습니다."

동시에 탄성과 한숨이 새어 나왔다. 나는 냉정을 유지하며 차분하게 말을 이었다.

“일단 제 동료들과 상의를 해야 합니다. 그리고 어쩌면 기사단 자체에 들어가지 않을 수도 있습니다.”

“대체 어째서…….”

“그건 제 자유니까요. 우린 자유 진영에 소속된 사람들 아닙니까? 물론 기사단에 들어가는 건 명예라고 하지만, 그것도 모든 사람에게 똑같이 명예로운지는 장담할 수 없습니다.”

“과연 투기장 챔피언… 시작부터 몸값을 세게 부르시는군요.”

그러자 프레져가 의미심장한 미소를 지으며 말했다.

“알겠습니다. 실은 좀 더 교섭을 하려 했지만 그냥 과감하게 저희들이 드릴 수 있는 입단 계약금을 밝히겠습니다. 50만 씰입니다.”

“말도 안 돼!”

“너무 과하지 않습니까!”

그러자 다른 기사들이 기겁을 하며 소리쳤다.

나는 빙긋 웃으며 말했다.

“알겠습니다. 청룡기사단은 탈락입니다.”

“어째서!”

“방금 말씀드리지 않았습니까? 호객 행위를 하는 기사단에는 절대 들어가지 않는다고요.”

·나는 당황한 기사들을 뒤로한 채 몸을 돌리며 말했다.

“그럼 저는 돌아가겠습니다. 예기치 못하게 숙소를 옮기는 바람에 해야 할 일이 많거든요."

"자… 잠시만요, 주한 님!"

로세가 급하게 소리치며 뒤를 따랐다.

나는 다음에 다시 만나자는 이야기를 하기 위해 고개를 돌렸다.

그런데 그때.

삐그덕…….

재판소의 문이 열리며 한 남자가 들어왔다.

남자는 머리부터 발끝까지 새카만 옷을 걸치고 있었다.

심지어 모자 사이로 내려온 머리카락도 검었다.

그와 대조적으로 창백한 얼굴은 연령을 추정하기 무척 힘들었다.

대략 30대 중반쯤 되었을까?

남자는 고개를 살짝 기울이며 내게 물었다.

"그쪽이 투기장의 새 챔피언인가?"

"그렇습니다."

나는 짧게 대답하고 뒤를 돌아보았다.

"……."

방금 전까지 허둥지둥하던 세 명의 기사 모두 갑작스럽게 근엄한 표정이 되어 경례를 붙이고 있다.

나는 다시 고개를 돌리며 검은 옷의 남자에게 물었다.

"실례지만 누구십니까?"

남자는 날카로운 눈으로 날 바라보았다.

"나는 흑룡기사단의 파비앙이다."

"흑룡기사단이라… 그렇군요."

"그걸로 끝인가? 후후… 재미있군. 아직도 이 나라에 문명의 혜택을 누리지 못하는 마을이 존재하나 보군. 이 나라에 내 이름을 모르는 사람이 있을 줄이야."

남자는 피식 웃으며 고개를 저었다.

그러자 로세가 조심스레 다가와 귓속말로 소곤거렸다.

"저분은… 이 나라의 왕자님이십니다."

"네?"

나는 깜짝 놀라며 검은 옷의 남자를 주시했다.

파비앙은 검은 모자를 벗으며 다시 한 번 자신을 소개했다.

"만나서 반갑다, 챔피언. 나는 안티카 왕국의 왕자인 레온 파비앙 크레아다. 흑룡기사단의 부단장이며 이 도시의 실질적인 주인이지."

그와 동시에, 왕자의 허리에 찬 칼에서 기이한 형체가 모습을 드러냈다.

그것은 뱀이었다.

가느다랗고 검은 뱀이 왕자의 칼을 빙빙 감으며 그의 오른 팔까지 타고 올라온다.

'이건 뭐지? 내가 환각을 보고 있는 건가?'

나는 마른침을 삼키며 뱀을 주시했다.

처음에는 둘 다 검은색이라 구분하기 힘들었다.

하지만 차츰 눈에 익숙해지자 알 수 있었다. 검은 뱀은 마치 광학미채처럼 투명하게 속을 비추고 있었다.

그제야 나는 뱀의 정체를 깨달았다.

'이게 바로 정령인가?'

지금 나는 왕자의 칼에 깃든 정령을 눈으로 보고 있었다.

* * *

자유 진영에 속한 모든 국가는 비록 왕국이라 해도 백성이 왕가의 소유물인 절대왕정은 아니다.

하지만 파비앙 왕자가 자신을 뱅가드의 실질적인 주인이라고 한데는 그만한 이유가 있었다.

"이 사막 전체가 모두 내 것이다. 이른바 땅 부자라는 거지. 원칙대로 하면 뱅가드에서 벌어들이는 총 세액의 10%는 내 지갑으로 들어와야 해. 하지만 특별한 일이 없으면 그냥 국고로 보내고 있지."

파비앙은 물을 마시며 가벼운 말투로 설명했다.

우린 백룡기사단 지부의 1층에 있는 휴게실에 앉아 대화를 나누고 있다.

옆에는 멋모르고 동석했다가 석상처럼 경직된 마무사가 앉아 있었다.

나는 손을 덜덜 떨고 있는 마무사에게 말을 걸었다.

"저쪽에 탕비실이 있습니다. 뭔가 마실 걸 가져다 드릴까요?"

"아… 아니요. 괜찮습니다. 신경 쓰지 말고 대화 나누세요."

마무사는 갑자기 존댓말을 쓰기 시작했다. 나는 쓴웃음을 지으며 파비앙에게 시선을 돌렸다.

"그럼 뱅가드의 주인이신 왕자님께선 어쩐 일로 여기까지 오신 겁니까?"

"물론 그쪽을 보러 왔지."

왕자는 흥미롭다는 표정을 지었다.

"나도 며칠 전에 그 시합을 봤다. 아주 인상적이었어."

"그래봤자 소드 익스퍼트가 3단계 오러 유저를 일방적으로 학살한 것뿐입니다."

"결과만 놓고 보면 그렇지. 중요한 건 거기까지 이르게 된 과정이야. 스컬킹은 왕궁에까지 알려진 인물이다. 결코 호락호락한 사내가 아니지. 대체 어떻게 된 거지? 심지어 비열하기로 둘째가라면 서러운 스카노스의 눈까지 속이면서 말이야."

스카노스는 투기장의 오너이자, 동시에 자유 진영 전역에 고급 체인 호텔을 운영하고 있는 재벌이다.

나는 한쪽 어깨를 으쓱였다.

"제가 원해서 한 시합이 아닙니다. 스컬킹이 먼저 시비를 붙여서 저를 투기장에 끌어들였습니다."

"소문은 그렇더군. 하지만 스컬킹도 바보가 아닌 이상 그쪽의 오러 정도는 파악했을 거야. 그렇다면 그 짧은 시간에 다음 단계로 각성을 한 건가?"

"그렇습니다."

나는 짧게 대답하며 왕자의 표정을 살폈다.

'왕자의 호기심은 당연하다. 난 어떻게 대답해야 하지?'

하지만 왕자는 더 이상 질문하지 않았다.

"그렇군, 알았다. 어쨌든 통쾌한 시합이었어. 지금쯤 수도에서 소식이 쫙 퍼졌을 테니 네온샤가 기뻐하고 있겠군."

"네온샤가 누굽니까?"

"흑룡기사단의 친우다. 사촌 동생이 바로 그 스컬킹에게 목숨을 잃었지. 친우를 대신해 감사를 표하도록 하겠다."

파비앙은 반쯤 남은 물을 단숨에 마시며 물었다.

"그러고 보니 좀 전에 내 칼을 뚫어지게 바라보더군. 정작 내가 누군지는 몰랐으면서 내 칼에는 관심이 생긴 건가?"

"자세히는 모르지만… 특별한 기운이 느껴졌습니다."

당신 칼에 정령이 깃들어 있습니다.

차마 그렇게 말할 수는 없었다. 왕자는 웃으며 고개를 끄덕였다.

"감각이 예사롭지 않군. 이 칼은 안티카 왕국을 500년간 통치해 온 크레아 가문의 보검이다. '검은 뱀'이란 별명을 가지고 있지."

내가 본 정령의 형태도 바로 검은색의 뱀이었다.

왕자는 검의 손잡이를 움켜쥐며 말했다.

"이 칼은 주인을 가린다. 마음에 안 드는 자가 칼을 쥐면 반대로 주인의 힘을 떨어뜨리지. 하지만 상성이 맞으면 매우 강력한 힘을 낼 수 있다."

"…그렇군요."

나는 또다시 왕자의 팔을 타고 오르는 검은 뱀을 볼 수 있었다. 왕자는 다른 손에 쥐고 있던 물 잔을 테이블에 내려놓으며 말했다.

"어쨌든 만나고 싶었다, 문주한. 마침 오늘이 국가 등록 날이라 해서 찾아왔는데 타이밍이 좋았군."

"솔직히 힘들었습니다. 세 기사단이 쉴 틈도 안 주고 밀어붙이더군요."

"강력한 인재는 언제나 최우선 영입 대상이니까. 그렇지, 미리 말해두지만 그쪽으론 걱정하지 마라. 난 너를 흑룡기사단에 영입하기 위해 찾아온 것이 아니니까."

파비앙은 처음부터 선을 그었다.

"하지만 제안이 있다. 서로 느긋한 처지는 아닌 것 같으니 본론부터 말하도록 하지."

나는 마무사가 침을 꼴깍 삼키는 소리를 들으며 대답했다.

"말씀하십시오."

"흑룡기사단의 첫 번째 임무는 왕가와 왕궁의 수호다. 국왕의 친위 기사단이라 할 수 있지. 하지만 그 밖의 임무는 거의 알려져 있지 않다."

"저도 그렇게 들었습니다."

"하지만 세간에 알려지지 않은 또 다른 임무가 있다. 바로 왕국의 영토에 출몰하는 강력한 몬스터를 토벌하는 일이다."

파비앙은 깍지 낀 양손을 테이블 위에 올려놓으며 말했다.

"이것은 단순한 임무가 아닌 기사단의 전통이라고 할 수 있다. 한 명의 기사가 비밀리에 파견되어 그 지역의 재앙을 퇴치한다. 이번엔 내가 그 임무를 맡게 된 거지."

"하지만… 비밀치고는 너무 얼굴이 알려진 분을 파견한 게 아닙니까?"

나는 조심스레 질문했다. 파비앙은 피식 웃으며 고개를 끄덕였다.

"나도 나름대로는 숨기려고 했다. 하지만 잘 안 되더군. 어쨌든 중요한 건 결국 몬스터를 퇴치하는 거다. 다른 건 별로 중요하지 않아."

"그렇군요. 하지만 정원이 열 명뿐이라는 흑룡기사단이 직접 퇴치해야 할 정도로 강력한 몬스터라면……."

나는 잠시 생각하다 물었다.

"샌드 웜 킹인가요?"

"맞아. 샌드 웜 킹이다."

왕자는 즉시 대답했다.

"샌드 웜 킹에 대한 토벌 요구는 처음 이 사막에 도시가 세

워진 수백 년 전부터 꾸준히 들어왔다. 특히 사막에서 일하는 기업과 헌터들의 불만이 끊이질 않았지."

"그런데 왜 토벌하지 않았습니까?"

"시도는 했다. 처음에는 백룡기사단을 파견해 군대를 지휘해서 토벌하려고 했지. 처음 기록에 남은 게 벌써 2백 년 전의 일이군."

"그런데 실패했군요."

"수차례나 실패했다. 샌드 웜 킹은 그냥 적당히 강력한 몬스터가 아니야. 80년 전에는 세 명의 2단계 소드 익스퍼트를 동원했는데도 토벌에 실패했다."

현재 나의 레벨은 15다.

그것을 감안하면 2단계 소드 익스퍼트의 레벨은 20에서 23 사이일 것이다.

'하지만 샌드 웜 킹은 33이었지. 물론 몬스터는 인간과 다른 스텟 체계를 가진 것 같지만…….'

"그렇다고 진짜 최정예를 내보내는 것도 위험했다. 우린 신성제국과 대치 중이니까. 몬스터를 퇴치하느라 텅 빈 왕궁에 제국의 암살자가 습격하기라도 하면 곤란해."

"왕궁에 암살자라니, 실제로 그런 일이 벌어진 적이 있습니까?"

"있었다."

파비앙의 표정이 순식간에 어두워졌다.

"최근 100년간 네 차례의 기습이 있었다. 바로 최근에는 왕녀 암살 미수 사건도 있었고."

"왕녀라면… 셀리아 왕녀 말씀입니까?"

"그래, 내 동생이다."

왕자는 동생의 이야기가 나오자 자랑스러운 표정을 지었다.

"그래서 흑룡기사단 중에 최소 절반은 일 년 내내 왕궁의 경호에 붙어 있다. 나도 가급적 빨리 샌드 웜을 토벌하고 왕궁으로 돌아가야 해. 그래서 뱅가드에 도착해서 영주에게 도움을 요청했지만 거절당했다."

"영주가 왕자님의 요청을 거절했다고요? 하극상입니까?"

"아니, 그런 문제는 아니다."

왕자는 표정을 풀며 웃음을 지었다.

"뱅가드의 영주인 타밀은 우리 왕국에 단 여섯 명밖에 없는 3단계 소드 익스퍼트다. 하지만 노령이라 건강이 좋지 않아. 벌써 131세라 근력이 많이 떨어졌다."

"131세라니… 그런데도 싸울 수 있단 말입니까?"

"최근에 병에 걸려 몸조리를 하고 있더군. 신성 마법이나 포션이 통하지 않는 병은 더욱 지독한 법이지."

왕자는 입술을 깨물었다. 그리고 날 노려보며 말했다.

"그러니 문주한, 네가 날 도와라."

대화의 흐름상 나는 이미 그의 요청을 예상하고 있었다.

하지만 너무도 뜬금없는 요구였다. 나는 얼굴이 새하얗게 질려 버린 마무사를 힐끔 보며 말했다.

"하지만 제가 돕는다고 도움이 될까요? 저는 이제 고작 1단계 소드 익스퍼트일 뿐입니다."

"하지만 샌드 웜 킬러지 않나? 소문에는 수백 개의 샌드 웜 이빨을 가져다 팔았다던데?"

'왕자 주제에 소문은 또 왜 이렇게 밝은 거지?'

나는 쓴웃음을 지으며 항변했다.

"샌드 웜과 샌드 웜 킹은 천지 차이입니다. 설마 그걸 모르시는 건 아닐 테죠?"

"하지만 샌드 웜 사냥엔 필수적으로 위협이 따르지. 바로 샌드 웜 킹에 대한 위협 말이다. 문주한, 너는 그 위협을 뚫고 수십 마리의 샌드 웜을 사냥했다. 그러니 분명 어떤 대책이나 비법을 가지고 있을 거야."

그것은 예리하면서도 당연한 지적이었다.

전에도 비슷한 질문을 들었다. 그때는 그저 운이 좋았다고 둘러대며 지나갔다.

하지만 왕자의 경우엔 사정이 달랐다.

표정만 봐도 알 수 있다. 그는 어떤 확신을 가지고 나를 끌어들이려 하고 있다.

결국 나는 일정 부분 진실을 말할 수밖에 없었다.

"제가 샌드 웜 킹을 피해서 사냥을 할 수 있던 건, 미리 잡은 샌드 웜의 몸속에 숨는 방법을 알아냈기 때문입니다."

"뭐? 그게 무슨 소리지?"

왕자는 눈을 크게 뜨며 되물었다.

나는 샌드 웜이 결코 동족을 먹지 않는다는 걸 알아냈고, 그것을 활용해 위기 시에 죽은 샌드 웜의 입속으로 들어가 위기를 넘기는 방법을 설명했다.

"…그래서 제가 다수의 샌드 웜을 사냥할 수 있던 겁니다. 혹시 샌드 웜 킹의 추적을 받더라도 숨어서 기다리면 되니까요."

"과연… 그런 방법이 있었나?"

왕자는 감탄한 얼굴로 고개를 끄덕였다. 나는 이제 슬슬 발을 빼야 할 때라고 판단했다.

"혹시 문제가 생기면 왕자님도 이 방법을 응용하실 수 있을 겁니다. 미리 샌드 웜을 몇 마리 잡아놓고, 샌드 웜 킹과 전투 중에 위험하다 싶으면 숨는 방법도 있겠죠. 어쨌든 저는 직접적인 전투에 도움이 안 될 겁니다. 그러니 괜찮으시다면 저는 이만……."

"아니, 안 된다."

왕자는 갑자기 일어나 내 어깨를 잡아 눌렀다.

"방금 이야기를 듣고 오히려 더 마음에 들었다. 문주한, 이번 토벌에 반드시 참가해 주길 바란다."

"싫습니다."

"뭐?"

나는 즉시 반발했다.

"당장 기사단에 들어가는 것도 거절했습니다. 청룡기사단은 입단 계약금으로 무려 50만 씰을 주겠다고 하더군요. 하지만 쓸 돈은 충분합니다. 그리고 해야 할 일도 많이 있습니다. 정말 죄송하지만 왕자님의 몬스터 토벌에는 힘을 보태 드릴 수 없을 것 같습니다."

"…이거 너무하는군."

왕자는 물러서지 않고 묘한 미소를 지으며 압박을 더했다.

"지금 안티카의 차기 국왕으로 유력한 왕자의 부탁을 거절하는 건가?"

"거절하면 죄가 됩니까?"

"아니, 그렇진 않다. 우린 자유 진영이니까. 모든 시민에겐 인권이 있지. 물론 네가 기사라면 사정이 다를 거야. 흑룡기사단의 권한으로 강제 동원도 가능하니까."

"그럼 천만다행이군요. 기사단에 가입하지 않은 게."

"혹시 원하는 게 있다면 들어주겠다. 돈은 필요 없다고? 그렇다면 흑룡기사단의 추천 입단은 어떤가? 내가 막내를 직접 쫓아내서라도 자리를 만들어줄 용의가 있다."

누구인진 모르지만 막내의 처지가 불쌍해 보였다. 나는 고개를 저으며 거절했다.

"필요 없습니다. 방금 저 안에서 모든 권유를 거절했다는 이야기 못 들으셨습니까?"

"들었다. 하지만 흑룡기사단은 좀 다르지 않나?"

"똑같습니다. 저는 당장 어디에도 들어갈 생각이 없습니다."

"호… 완강하군."

파비앙은 의미심장한 표정을 지으며 웃었다.

"후후… 좋다. 그렇다면 내가 제공할 수 있는 가장 큰 혜택을 제안하도록 하지."

"걱정 마십시오. 안티카 왕국의 차기 국왕 자리를 제안하더라도 거절할 테니까요."

"셀리아와의 데이트는 어떤가?"

"네?"

그것은 너무도 뜬금없는 제안이었다.

나는 믿을 수 없다는 얼굴로 왕자를 노려보았다.

'데이트? 지금 이 왕자가 무슨 헛소리를 하고 있는 거지?'

"좋아. 이번에는 좀 끌리는 모양이군."

왕자는 회심의 미소를 지으며 말했다.

"안티카 왕국의 남자라면 그 제안을 거절할 리 없지. 누구도 셀리아를 한 번이라도 본다면……."

"거절합니다."

"뭐?"

"거절한다고요."

나는 어처구니없다는 표정으로 말했다.

"순간 제 귀를 의심했습니다. 데이트? 물론 영광스러운 일이겠지만 필요 없습니다."

"정… 말인가?"

파비앙은 충격받은 얼굴이었다.

"정말? 정말로 셀리아와의 데이트를 거절한다고?"

"결혼을 조건으로 걸어도 거절할 겁니다. 일단 이 손부터 놓으시고……."

"아니, 제발 부탁하네."

왕자는 갑자기 눈을 질끈 감으며 말했다.

"부탁이야. 난 정말 샌드 웜의 생태를 꿰고 있는 사람이 필요해. 그런 사람은 뱅가드에 너밖에 없다."

"저라도 딱히 많이 아는 것은 없습니다. 전문 헌터들이 훨씬 더 자세히 알고 있을 겁니다. 무엇보다 1단계 소드 익스퍼트일 뿐이죠. 당장 왕자님만 해도……."

나는 눈살을 찌푸리며 파비앙을 스캐닝했다.

"…저보다 훨씬 강하지 않습니까? 2단계 소드 익스퍼트시죠? 어째서 저 따위에게 이렇게 집착하시는 겁니까?"

"왜냐하면 나는 네가 얼마나 빠르게 강해졌는지 알고 있으니까."

왕자는 눈을 부릅뜨며 날 노려봤다.

"이미 밸런스 소드 클랜에 확인했다. 너는 말 그대로 순식간에 각성을 했어. 불과 열흘도 안 되는 시간에 최소 수십의 오러를 쌓았지. 안 그런가?"

"그렇지 않습니다."

나는 즉시 포커페이스를 두르며 발뺌했다.

"물론 제가 오러를 빠르게 쌓은 건 사실입니다. 하지만 수십이라뇨? 그렇지 않습니다. 최대치가 349였던 걸 350으로 맞춘 것뿐입니다."

"그럴 리가 없어. 지금… 당장도 359가 아닌가?"

왕자는 즉시 날 스캐닝하며 캐물었다.

사실이다.

번개를 맞고 기절한 이후, 모든 기본 스텟이 최대치까지 회복된 상태로 깨어났다.

'이럴 줄 알았으면 여기 오기 전에 일부러 오러를 소모시키고 왔을 텐데…….'

하지만 시간이 없었다. 나는 간절한 표정의 왕자를 보며 위기감과 의구심을 동시에 느꼈다.

'하지만 그렇다 해도 왕자의 태도는 이상하다. 처음 만났을 때의 위엄은 온데간데없군. 대체 왜 이렇게 집착하는 거지? 그리고 어째서 이렇게 필사적인 거지?'

그것을 확인하기 위해 나는 재빨리 화제를 돌렸다.

"하지만 지금 꼭 샌드 웜 킹을 토벌할 필요는 없지 않습니까? 당장 누가 사막을 건너갈 것도 아니고, 기껏해야 샌드 웜을 사냥하려는 헌터들만 답답할 뿐일 텐데요?"

"그게… 그렇지가 않아."

왕자는 답답한 얼굴로 고개를 저었다.

그러다 옆에 앉은 마무사를 보며 말했다.

"그쪽은 동료라고 했나?"

"넷? 아, 넷! 마무사입니다!"

"잠시 이쪽과 단둘이 할 이야기가 있어. 자리를 좀 비켜주지 않겠나?"

"알겠습니다!"

마무사는 기다렸다는 듯이 휴게실 밖으로 달려 나갔다.

덕분에 넓은 휴게실을 두 사람이 독차지하게 되었다.

파비앙은 그래도 성에 차지 않는지, 주변을 살핀 다음 모기만 한 목소리로 소곤거리기 시작했다.

"이건 비밀이네. 난 샌드 웜 킹을 반드시 잡아야 해."

"뭔가 있을 거라고 생각했습니다. 그래서 그 비밀이 뭡니까?"

"그건 밝힐 수 없다."

나는 헛웃음이 나오려는 것을 참으며 왕자에게 물었다.

"비밀을 밝힐 것도 아니면서 왜 마무사는 밖으로 내보내신 겁니까?"

"내가 비밀을 가지고 있다는 것 그 자체가 비밀이니까."

왕자의 창백한 얼굴이 한층 더 하얗게 질려 있었다.

확실히 무언가 심각한 문제가 있는 것 같다.

하지만 그렇다고 여기서 그냥 승낙할 수는 없었다. 나는 마지막 도박이라 생각하며 왕자에게 말했다.

"그럼 저도 조건이 있습니다."

"말해봐. 내가 할 수 있는 거라면 뭐든지 들어줄 테니."

"그 비밀을 말해주십시오."

나는 차분한 얼굴로 요구했다.

"대체 비밀이 있다는 것조차 드러나면 안 되는 비밀이 무엇인지 알려주십시오. 그렇다면 샌드 웜 킹의 토벌을 돕도록 하겠습니다."

• 28장 •
음모와 비밀과 쩔

베델 스카노스는 안티카 왕국은 물론, 자유 진영 전체에 사업을 뻗고 있는 '랜드픽' 재벌의 총수였다.

바로 그 스카노스가 긴 담배 연기를 뿜으며 물었다.

"그래서 그 애송이는 백룡기사단에 들어갔나?"

"거기까진 확인하지 못했습니다."

비서실장인 퓨레는 진땀을 흘리며 고개를 저었다.

"그저 백룡기사단 지부에 들어가는 걸 목격했을 뿐입니다. 실제로 어느 기사단에 입단했는지는 아직 알 수 없습니다."

"어쨌든 약삭빠른 자식이군. 문주한이라… 기사단에 들어가면 우리가 건드리기 힘들 거라고 판단한 거지."

스카노스는 입가를 비틀며 히죽거렸다.

그는 올해로 80살이 되는 노인이다.

하지만 외모는 전혀 노인으로 보이지 않았다.

어두운 색의 금발은 여전히 윤기가 넘쳤고, 깨끗한 피부와 꼿꼿한 허리는 기껏해야 30대로 보일 정도였다.

물론 높은 등급의 오러 유저는 노화가 느려진다.

하지만 스카노스가 가진 젊음의 비법은 오러가 아니었다.

그는 젊음에 도움이 된다는 모든 약물과 마법 도구의 힘을 빌려 지금의 모습을 유지하고 있었다.

바로 그 회장의 회춘을 위해 랜드픽은 매해 800만 씰이라는 거금을 비밀리에 쏟아부었다.

정작 비서실장인 퓨레는 올해 마흔이었다. 그는 자신보다 어려 보이는 회장의 모습에 경외심을 넘어 두려움마저 느끼고 있었다.

"스컬킹은 훌륭한 돈벌이였다."

스카노스는 10층짜리 건물의 펜트하우스에서 뱅가드의 내곽 도시를 내려다보며 말했다.

"심지어 돈이 안 될 것 같으면 스스로 일거리를 만들어냈지. 일부러 도박장의 가드를 자처하며 먹잇감을 찾아다니다니… 요즘 같은 세상에 그런 인재는 흔하지 않았어."

"하지만 회장님, 당장 스컬킹의 부재로 인해 저희 그룹이 입을 피해 자체는 매우 미비합니다."

퓨레는 미리 준비한 재무제표를 내밀며 말했다.

"저희 랜드픽 그룹은 작년에도 높은 성장을 달성했습니다. 매출 규모는 재작년 대비 무려 32%의 성장을 기록했고……."

"그래봤자 2등 아닌가?"

스카노스는 씹어 먹을 듯한 눈으로 비서실장을 노려보았다.

"이딴 자료는 다 필요 없어. 중요한 건 최고냐, 아니냐 뿐이다. 25% 성장? 어차피 크로니클도 그 정도는 성장했을 거 아냐!"

팍!

스카노스는 건네받은 서류를 퓨레의 얼굴에 집어 던졌다.

퓨레는 벌겋게 상기된 얼굴로 머리를 조아렸다.

"죄송합니다, 회장님. 제가 괜한 이야기로 심기를 불편하게 해드렸습니다. 용서해 주십시오."

"…됐다. 내가 말하는 건 최고에 대한 가치야."

스카노스는 몸을 돌려 다시 창밖을 내려다보았다.

"스컬킹은 비록 3단계 오러 유저였지만 자신이 속한 곳에서 비할 바 없는 최고였어. 그가 벌어다 주는 돈은 단지 액수가 전부가 아니었다. 어느 분야든 최고를 지향한다는 랜드픽의 의지 표명이었지. 그런 상징을 그 애송이가 모두의 앞에서 꺾어버린 거야."

뱅가드의 명물인 투기장을 운영하는 것이 바로 랜드픽 그룹이라는 것을 모르는 사람이 있을까?

잠시 침묵하던 스카노스는 결심한 듯 고개를 끄덕이며 말했다.

"어떤 수단과 방법을 동원해서라도 문주한, 그 애송이 자식을 내 앞에 무릎 꿇리겠다. 4체급 시합은 거의 열리지 않지만… 그래. 내가 잘 아는 녀석을 불러오도록 하지."

"하지만 회장님, 기사단에 입단하는 순간 투기장에 등록된 이름은 자동으로 소멸됩니다."

"이번만큼은 특별히 예외를 적용한다."

"예외라고 하셔도 이건 기사단 전체와 투기장이 맺은 협약이라……."

"내 말이 안 들리나?"

스카노스는 붉게 충혈된 눈으로 윽박질렀다.

"나는 하라고 했어! 방법은 어떻게든 만들어내! 등록된 무투사는 최소 세 경기는 치러야 은퇴가 허락된다는 규정을 만들든가, 혹은 최소한 은퇴 경기라도 치러야 은퇴가 가능하다는 규정을 만들든가!"

"아… 알겠습니다, 회장님. 그렇게 하겠습니다."

퓨레는 별수 없이 고개를 끄덕였다. 스카노스는 거칠어진 호흡을 가다듬으며 격양된 목소리를 낮췄다.

"돈은 얼마든지 써도 좋아. 협약을 관리하는 기사단의 핵심 인물에게 로비를 해. 단 1년만이라도 좋으니까 예외를 인정해 달라고."

"알겠습니다, 회장님. 명령대로 시행하겠습니다."

"랜드픽은 언제나 최고다. 최고답게 처신해라. 그리고 정 안 되면 '그쪽'을 동원해도 좋아."

"그쪽이라 하시면……."

퓨레는 긴장된 얼굴로 회장의 눈치를 살폈다.

"…신성제국 말씀이십니까?"

"쓸 수 있는 카드는 모두 써야지. 이럴 때를 대비해서 선을 이어둔 거야. 그 애송이 놈들은 아무래도 신성제국의 화를 산 것 같으니, 그쪽에 정보를 흘리면 알아서 처리해 줄지도 모르지."

스카노스는 욕망 섞인 눈을 번뜩였다. 퓨레는 입안에 고인 침을 삼키며 고개를 숙였다.

"알겠습니다. 오늘부터 문주한의 행적을 조사해서 '빛을 쫓는 자' 측에 전달하겠습니다."

"매일매일 보내라. 그 정도 하면 그쪽도 적당히 넘기진 못하겠지. 좋아, 그럼 그쪽 문제는 마무리됐고."

스카노스는 퓨레를 돌아보며 물었다.

"며칠 전에 왕자가 뱅가드를 찾아왔지? 지금 어디서 뭐 하고 있나?"

"파비앙 왕자께서는 어제 정오에 영주의 자택을 방문하신 이후로 행방이 묘연합니다."

"영주? 흠… 타밀, 그 양반도 이제 나이가 많아서 큰일은 못

할 텐데."

스카노스는 빠르게 눈을 굴리며 머릿속으로 계산을 하기 시작했다.

"어쨌든 계속해서 행방을 알아내도록. 왕자 개인의 신분으로 온 건지, 아니면 흑룡기사단의 기사로 왔는지를 알아내야 해. 왕녀의 암살 미수 사건이 벌어진 지 몇 달 지나지도 않았는데 왕궁을 비우다니… 이건 평범한 문제가 아니야."

스카노스는 이미 파비앙 왕자의 움직임을 읽고 있었다.

그는 목소리를 낮추며 신중한 얼굴로 말했다.

"하지만 가장 중요한 건 링카르트 공화국이다. 그쪽은 예정대로 진행되고 있겠지?"

"물론입니다. 이미 링카르트 공화국의 의원 상당수를 포섭했습니다. 다음 달에 열릴 왕녀와의 회담 결과에 따라 공화국은 그 즉시 자유 진영에서 탈퇴할 겁니다."

"좋아, 아주 좋아."

스카노스는 처음으로 만족스러운 표정을 지으며 고개를 끄덕였다.

"균형은 깨져야 해. 자유 진영의 힘을 하나로 모으면 신성제국과 동등하지. 하지만 링카르트가 빠지면? 그때는 제국도 본격적으로 움직인다. 그렇게 되면 새로운 전쟁이 시작되는 거야. 일단 전쟁이 벌어지면 우리 랜드픽 그룹은 역사상 유례없는 호황을 누릴 거다."

투기장이나 호텔 같은 유명한 직종을 제외하고, 실제로 랜드픽 그룹이 가진 가장 큰 사업은 군수사업이었다.

"반대로 전쟁이 터지면 크로니클은 치명적인 타격을 입는다. 누가 전쟁이 터졌는데 차원경이나 보고 앉아 있을까? 크크… 하하하하!"

스카노스는 유쾌한 듯 웃었다.

랜드픽의 최대 경쟁 기업인 크로니클의 주력 사업은 바로 '차원경'이었다.

그리고 크로니클의 매출 규모는 랜드픽의 그것을 압도했다.

그것이 문제였다.

덕분에 랜드픽의 총수인 스카노스는 오랜 시간 동안 공을 들여 새로운 전쟁을 기획했다.

전쟁을 통해 두 기업의 입지를 역전시키려는 음모였다.

'하지만 자유 진영이 만약 전쟁에서 패하면 어쩌지?'

비서실장인 퓨레는 문득 두려움에 사로잡혔다.

하지만 차마 입 밖으로 낼 수는 없었다. 최고를 향한 스카노스의 집착은 이미 광기를 넘어선 수준이었다.

스카노스에게 있어 가장 중요한 것은 오직 자신이 속한 세계에서 1등을 차지하는 것이다.

만약 한순간이라도 최고의 자리에 오를 수 있다면 설령 그 다음에 모든 것이 파멸하더라도 전혀 개의치 않을 것이다.

* * *

사정은 이러했다.

자유 진영은 총 열다섯 개의 국가가 속해 있는 집단이다.

그중에 안티카 왕국과 링카르트 공화국은 자유 진영의 양축을 담당하는 두 개의 기둥이다.

문제는 링카르트 공화국이었다.

링카르트는 최근 자유 진영에서 탈퇴하여 중립국이 되어야 한다는 여론이 퍼지고 있다고 한다.

핵심은 다음 달에 예정된 링카르트의 총리와 셀리아 왕녀의 협상 회담이었다.

"셀리아는 단순한 왕녀가 아니다. 그 아이는 안티카 왕국 최고의 외교관이자 자유 진영의 상징이라 할 수 있다."

파비앙은 괴로운 표정으로 설명했다.

어째서 단순하지 않은 왕녀가 자유 진영의 상징인지까지는 듣지 못했다.

문제는 바로 그 왕녀가 현재 중병으로 의식 불명의 상태에 빠져 있다는 것이다.

"셀리아의 병명은 마력 증후군이다. 고위급 마법사들 중에서도 매우 드물게 걸리는 병이지. 참고로 약도 없고 회복 마법도 안 통한다. 하지만 오래전부터 마력 증후군에 특효약으로 전해지는 물건이 있다."

파비앙은 신중한 표정으로 말했다.

지금 우리가 있는 곳은 새로 잡은 숙소인 호텔방이었다.

나를 제외한 모든 동료는 반강제로 방 밖으로 쫓겨난 상태였다. 나는 왕자의 옆에 서 있는 장신의 여성을 힐끔 보며 대답했다.

"샌드 웜 킹이 특효약인가 보군요."

"정확히는 눈알이 특효약이다. 거의 전설 같은 이야기다. 하지만 아는 사람은 알고 있지. 그러니 내가 이런 상황에 기를 쓰고 샌드 웜 킹을 잡으려 한다는 게 퍼지면 곤란하다."

"추리할 수 있을 테니까요. 왕자가 직접 나설 정도라면… 분명 안티카 왕국의 중요 인물이 마력 증후군에 걸려 있다는 걸 알아낼 겁니다."

나는 납득하며 고개를 끄덕였다.

"그래서 비밀이 있다는 것 자체가 왕자님의 비밀이었군요."

"지금부터 우리의 비밀이다. 이미 너도 한배를 탄 거야."

"하아……."

나는 긴 한숨을 내쉬며 고개를 숙였다.

왕자는 정말로 내 조건을 들어주었다.

'설마 이렇게 쉽게 비밀을 털어놓을 줄이야. 대체 뭘 믿고 이러는 거지?'

나는 왕자의 옆에 서 있는 여성을 보며 물었다.

"그런데 이쪽의 여성분은 누구십니까?"

"아, 소개가 늦었군. 내 개인 비서이자 경호원인 루나루나다."

"아니, 루니아입니다."

여자는 이름을 정정하며 직접 자신을 소개했다.

"저는 루니아 베네릭트입니다. 흑룡기사단 소속이며, 국왕 폐하의 명을 받고 왕자님을 감시하고 있습니다."

"감시요?"

"왕자님은 성격이 제멋대로라 감시가 필요합니다. 언제 어디서 무슨 짓을 할지 전혀 알 수 없습니다."

"하하… 물론 농담이지. 루나루나는 농담을 아주 좋아해."

"제 말이 농담처럼 들리신다면."

루니아는 베일 것 같은 눈으로 날 노려보며 말했다.

"농담으로 이해하셔도 상관없습니다."

손톱만큼도 농담으로 들리지 않았다.

그녀는 날카롭고 삭막하며 고압적이었다.

파비앙은 재밌다는 듯 웃으며 말했다.

"루나루나는 뛰어난 인재야. 사실 주한, 너에 대한 정보도 전부 그녀가 조사해서 알려준 거지. 그래서 난 그쪽을 신뢰하기로 했다."

"대체 저에 대한 어떤 정보를 들으셨기에 신뢰하실 수 있다는 겁니까?"

나는 정말로 그것이 궁금했다.

왕자는 당연한 듯 웃으며 말했다.

"비밀."

"네?"

"비밀이라고. 너도 비밀을 가지고 있지. 남에게 함부로 밝힐 수 없는 것들. 예를 들어 사막을 건너오기 전에 어디서 무엇을 했는지, 도박장에서 10,000셀이 넘는 돈은 어떻게 땄는지, 대체 어떻게 그렇게 짧은 시간에 오러를 급상승시켰는지… 물론 루나루나도 전능하진 않아. 어떤 것은 알아냈고, 어떤 것은 결국 알아내지 못했다."

"시간이 너무 촉박했습니다."

루니아는 냉랭한 목소리로 말했다.

"주어진 시간이 너무 짧아 모두 알아낼 수 없었습니다. 정보국도 만능은 아닙니다."

"들었지? 그녀는 흑룡기사단의 단원이자 안티카 왕국 정보국의 부국장이다."

"저를 뒷조사하셨다는 겁니까?"

"그래, 했다."

파비앙은 다리를 꼬며 깍지 낀 손을 무릎 위에 올려놓았다.

"너는 밝혀지기 싫은 비밀들을 가지고 있다. 나도 마찬가지지. 그리고 분명 '공통의 적'을 가지고 있다. 그러니 우린 서로를 신뢰할 수 있다. 안 그런가? 그러니 우린 서로의 비밀스러운 목표를 이루기 위해 서로를 도울 수 있는 거지."

"…궤변이군요."

나는 골치 아픈 얼굴로 입술을 깨물었다.

"하지만 알겠습니다. 일단은… 왕자님을 돕겠습니다. 지금은 자유 진영이 무너지는 걸 막아야 하니까요."

"안 그러면 신성제국에 대항할 수 없을 테니까."

"……."

"역시 그런 건가? 제국에 복수하고 싶나?"

파비앙은 눈을 가늘게 뜨며 물었다.

역시 왕자는 이쪽의 출신을 알아냈다.

'물론 내가 지구 출신이라는 걸 특별히 감출 필요는 없다. 오히려 자유 진영에서 지구 출신이라는 건 호재가 되겠지. 그리고 오러를 빠르게 높이는 것도 나의 재능이지 비밀은 아니다. 왕자는 그것들로 날 협박할 수 없어. 하지만…….'

나는 표정 없이 고민했다.

이것은 중대한 기회다.

결국 내 목표는 신성제국을 무너뜨리는 것이다.

아니면 최소한 신성제국을 약화시켜, 세뇌당한 지구인들을 다시 지구로 돌려보내는 것을 막아야 한다.

'내가 아무리 강해진다 해도 쉽지 않은 일이다. 하지만 안티카 왕국과 협력할 수 있다면 그리고 자유 진영 전체를 끌어들일 수 있다면…….'

그때, 누군가의 목소리가 들렸다.

—정령사였군.

"네?"

나는 눈을 크게 뜨며 왕자를 보았다.

"왜 그러지? 신성제국에 복수하고 싶지 않은 건가?"

왕자는 의아한 눈으로 날 마주 보고 있다.

아니다.

왕자가 있는 곳에서 들리긴 했지만, 방금 그건 왕자의 목소리가 아니었다.

그때 또다시 목소리가 들렸다.

—정령사는 오랜만이네? 자, 여기야. 어딜 보는 거지? 난 여기 있어.

나는 시선을 아래로 돌렸다.

그곳엔 투명한 검은 뱀이 왕자의 다리를 휘감고 있었다.

정령.

정령이 지금 내게 말을 걸고 있었다.

나는 경직된 자세로 버벅였다.

"그게… 아니, 그러니까……."

—말로 할 필요 없어. 이 멍청한 왕자는 어차피 우리 생각을 읽지 못해.

나는 마른침을 삼키며 생각했다.

'내 생각을 읽을 수 있는 건가?'

—당연하지. 너도 내 생각을 읽고 있잖아? 내가 입을 벌리고 목소리를 내고 있는 것 같아?

뱀은 머리를 치켜들고 내 쪽을 주시했다.

나는 즉시 생각을 정리하며 대답했다.

'난 정령사가 아니다. 그저 언어의 각인을 최상급까지 높여서…….'

—그게 바로 정령사야.

검은 뱀은 입을 살짝 벌리며 웃었다.

—세상에 정령사가 따로 태어나는 줄 알아? 모두 똑같아. 모두 너와 같은 과정을 거쳤을 뿐이라고.

'그런…….'

—놀랐어? 하지만 드문 일이야. 레비그라스엔 정령사가 딱 세 명뿐이 없어. 이제 네 명이 됐네.

'…정령사란 언어의 각인을 최상급까지 올린 인간에 대한 칭호였던 건가?'

—맞아. 하지만 인간들은 그걸 몰라. 오직 정령사와 정령만이 그 사실을 알고 있어. 어쨌든 만나서 반가워.

검은 뱀은 눈을 가늘게 뜨며 사람처럼 웃었다.

—나는 크로우디스야. 크로우라고 불러도 돼.

'나는 문주한이다.'

—알고 있어. 슬슬 저 멍청한 왕자가 못 참는 것 같으니까 볼일부터 말할게.

'볼일? 무슨 볼일?'

—너한테 말을 건 이유 말이야. 나도 알고 있어. 저 왕자가

무슨 일을 하려는지.

'샌드 웜 킹을 잡는 것?'

—그래. 쉽지 않을 거야. 죽을지도 몰라. 그러니 왕자에게 대가를 달라고 해.

크로우는 자신이 깃든 검을 향해 돌아가며 말했다.

—대가는 바로 나야.

'뭐?'

—날 달라고 해. 왕자는 뛰어난 전사지만 날 다루기엔 부족해. 나는 내 힘을 온전히 발휘하고 싶어. 너는 정령사니 가능해.

'하지만 너는… 왕실 가문의 보검이라던데? 그런 걸 남에게 함부로 줄 수 있나?'

—상관없으니 요구해. 한마디만 하면 요구를 승낙할 거야.

'뭐?'

—루도카를 죽인다고 해.

'뭐?'

하지만 그걸로 끝이었다.

크로우는 다시 검 속으로 모습을 숨기며 사라졌다.

그리고 나는 정령이 했던 말의 의미를 파악할 새도 없이 파비앙을 마주 보았다.

"무슨 고민을 그렇게 하나?"

파비앙이 물었다. 나는 잠시 생각하다 고개를 저었다.

"아닙니다. 저는… 단순히 복수를 하려는 게 아닙니다."

"그래? 그럼 뭘 하고 싶지?"

"저는……."

루도카를 죽일 겁니다.

그러니 당신의 칼을 주십시오.

순간 그렇게 말할 뻔했다.

하지만 그건 중요하지 않다.

어쩌면 나는 정령에게 잠시 홀렸는지도 모른다.

당장 왕자의 검을 받을 필요도 없고, 루도카를 죽일 거라고 이야기할 필요도 없다.

그 대신, 내가 진정으로 왕자에게 해야 할 이야기는 단 하나뿐이었다.

"저는 신성제국에 강제로 끌려온 지구인들을 해방시킬 겁니다. 그러니 제가 왕자님을 도와 샌드 웜 킹을 토벌한다면 왕자님도 훗날 제 일을 도와주시기 바랍니다."

* * *

협상은 성공적으로 끝났다.

하지만 아무리 상황이 급하다 해도, 지금 당장 샌드 웜 킹을 토벌하기 위해 사막에 나가는 건 무리다.

"일단 시간을 주십시오. 이대로는 안 됩니다. 당장 2단계 소드 익스퍼트가 될 수는 없겠지만, 그래도 수련을 할 시간이 필요합니다."

그러자 파비앙 왕자는 열흘의 시간을 주었다.

"열흘 후에는 사막으로 출발해야 한다. 그리고 다시 열흘 안에 샌드 웜 킹을 잡고 수도인 다나랜드로 돌아가야 해."

"링카르트 공화국과의 회담은 한 달 후라고 하지 않았습니까?"

"셀리아도 몸을 추스를 시간을 줘야지. 정신을 차리자마자 바로 움직이게 할 수는 없어."

그래서 나는 열흘이라는 시간을 동원해 새로운 수련에 돌입했다.

하지만 이번에는 나 혼자만의 수련이 아니었다.

* * *

왕자 주제에 파비앙은 뱅가드에서 그 어떤 지원 병력조차 소집하지 않았다.

그것은 기밀을 위해서였다.

덕분에 함께 싸울 수 있는 건 감시역으로 따라왔다는 루니아 한 명뿐이었다.

하지만 달랑 전투원 세 명으로는 사막을 횡단하며 샌드 웜 킹을 수색할 수 없다.

짐꾼이나 보급병이 필요했다.

우리 세 명이 사막에서 장기간 필요한 모든 식량과 물과 생필품을 짊어지고 돌아다닐 수는 없으니까.

그래서 나는 램지를 제외한 모든 동료와 함께 다시 한 번 사막으로 돌입했다.

목표는 동료 전원의 각성이었다.

* * *

나는 전생의 오래된 기억을 떠올렸다.

아직 세상이 귀환자의 공격을 받기 전인 2010년대의 후반, 나는 학생 신분으로 친구들과 함께 다양한 게임을 즐겼다.

그중에는 레벨이 높은 친구가 레벨이 낮은 친구와 파티를 맺고 함께 사냥을 하며 쉽게 레벨을 높여주는 게임이 있었다.

지금 내가 하는 것이 바로 그것이었다.

사막에서 동료들이 하는 일은 단순했다. 이동할 때 짐을 짊어지고, 위급할 때 샌드 웜의 시체 속에 들어가 숨는 것뿐이다.

전투는 당연히 내가 도맡았다.

우리들은 사흘 동안 사막 깊숙한 곳으로 계속 전진하며 나타나는 샌드 웜을 끊임없이 사냥했다.

그리고 다시 사흘 동안 다른 루트로 돌아오며 새로운 샌드 웜을 사냥했다.

그렇게 6일 동안, 우리들은 총 53마리의 샌드 웜을 잡았다.

그 와중에 나는 시간이 날 때마다 명상 수련도 함께했다.

덕분에 6일 동안 총 13의 오러가 높아졌다.

초기의 수련과 비교하면 오러의 상승 속도가 현저히 줄어들었다.

역시 오러는 단계가 높아지면 높아질수록 쌓이는 속도가 느려지는 모양이다.

하지만 동료들은 그렇지 않았다.

빅터, 커티스, 도미닉, 스네이크아이, 빅맨.

다섯 명 모두 각성에 성공했다.

*　　*　　*

"대체 이 무슨……."

밸런스 소드 클랜의 사범인 코르시는 동료들을 스캐닝하며 경악했다.

"뭡니까, 이건! 다들 마지막으로 봤을 때 겨우 오러를 발현한 상태였단 말입니다! 그러니까 1! 1이었다고요! 일주일 전까지 오러가 1이었는데! 어떻게 지금은 57이 될 수 있습니까!"

코르시는 동료 중에 대표로 커티스를 삿대질하며 소리쳤다.

"이건 말도 안 됩니다! 물론 커티스 님은 그때도 오러가 5였죠. 물론 그때도 경악했습니다! 하지만 지금만큼은 아닙니다! 대체 일주일 사이에 무슨 일이 벌어진 겁니까! 설명해 주세요,

당장!"

나는 짧게 설명했다.

"사막에서 샌드 웜을 잡았습니다."

"…네?"

"말씀드린 그대로입니다."

"아니… 좀 더 자세히 말해주세요."

코르시는 당황했다. 나는 어깨를 으쓱이며 설명했다.

"사막에 들어가 샌드 웜을 사냥했습니다. 아주 많이요. 일부러 동남쪽으로 진로를 잡아 들어가고, 다시 북쪽으로 이동한 다음에 마지막으로 서북쪽으로 이동하며 돌아왔습니다. 뱅가드와 가까운 쪽의 사막에 있는 샌드 웜은 분명 씨가 말랐을 겁니다."

"그 무슨… 아니, 잠깐. 그럼 설마?"

코르시는 눈을 크게 뜨며 나와 동료들을 번갈아 바라보았다.

"주한 님이 동료분들의 오러를 대신 키워주신 겁니까?"

"네. 일단 사냥하는 근처에만 있으면 사냥에 직접 참가하지 않아도 모두의 오러가 높아지더군요. 그래서 그렇게 했습니다."

"아무리 그래도……."

코르시는 어안이 벙벙한 얼굴로 고개를 저었다.

"이게 말이 됩니까? 물론 몬스터와의 격차가 크면 클수록 순간적으로 더 높은 오러가 상승한다는 이야기는 들었지만… 대체 몇 마리의 샌드 웜을 잡은 겁니까?"

"그건 사범님의 상상에 맡기겠습니다. 중요한 건 지금부터입니다."

나는 미리 준비한 돈주머니를 내밀며 말했다.

"앞으로 사흘 동안 여기 있는 다섯 명 모두에게 오러 스킬을 가르쳐 주십시오."

"네? 네?"

"오러 소드는 좀 더 나중에 배워도 괜찮습니다. 일단 오러 실드가 먼저입니다."

"오러 실드라니… 아니, 잠시만요."

코르시는 순간 정신을 차리며 소리쳤다.

"전에 말씀드리지 않았습니까! 제가 오러 소드를 완성할 때까지 두 달이 걸렸고, 오러 실드는 여섯 달이 걸렸습니다. 그걸 사흘 만에 어떻게 가르치란 겁니까? 아무리 주한 님이 몇 분 만에 가능했다 해도… 그건 주한 님이 특별하기 때문입니다! 천재라서 그렇다고요! 여기 계신 모두가 다 주한 님처럼 천재란 말입니까?"

나는 턱을 긁적이며 대답했다.

"아무래도… 그런 것 같습니다."

"네?"

"저만큼은 아니라 해도, 이미 몇 사람은 기본적인 형태는 갖췄습니다."

"네?"

"빅터, 직접 보여주세요."

나는 빅터에게 부탁했다. 빅터는 씩 웃으며 오러를 발동시켰다.

우우웅!

붉은빛의 오러가 빅터의 검은 피부를 뒤덮었다.

빅터는 그대로 양손을 앞으로 내민 다음, 그중 왼손을 노려보며 눈살을 찌푸리기 시작했다.

"흐으으음……."

그러자 왼손에서 솟구치는 오러의 기세가 살짝 줄어들었다.

오러의 흐름을 조절하는 것.

이것만 마스터하면 일단 기본적인 오러 스킬은 쓸 수 있게 되는 것이다.

"아… 아니… 이건 말도 안 돼……."

코르시는 신음 소리를 내며 고개를 저었다. 나는 빅터에게 오러를 거두게 한 다음 말했다.

"제가 기본적인 건 가르쳤습니다. 반나절 정도 하니 다들 이 정도는 하더군요."

덕분에 나는 한 가지 가설을 확신했다.

단지 우리들이 오러의 천재라서 이렇게 빨리 기술을 배운 게 아니다.

사실은 지구인 모두가 천재였던 것이다.

'정확히 말하면 지구인 모두가 오러에 대한 친화력이 매우 높은 거다. 분명 마력도 마찬가지일 테지. 그렇다면 신성제국이 굳이 지구인을 소환해서 강제로 세뇌해서 수련시킨 이유도 맞아떨어진다. 어째서 레비그라스에 단 세 명밖에 없다는 소드마스터가 그렇게 많이 생겼는지에 대한 의문도 해결되고…….'

물론 새로운 의문도 생겼다.

대체 신성제국은 그 사실을 어떻게 알아냈을까?

"반나절… 말씀입니까?"

코르시는 어이없다는 얼굴로 중얼거렸다. 나는 일단 말을 돌리며 설명했다.

"아무래도 저희 마을 출신 사람들은 다들 오러에 천부적인 재능을 가지고 있는 모양입니다. 그러니 사흘 동안 최대한 가르쳐 주십시오. 특히 오러 실드입니다. 아시겠습니까? 이건 무리한 부탁을 드리는 제 나름의 성의니 받아주십시오."

그리고 멍해 있는 코르시의 손에 돈주머니를 쥐어주었다.

그는 컬쳐 쇼크라도 받은 듯 한동안 말문을 닫았다.

"……."

그러다 잠시 후, 문득 자신이 쥐고 있는 돈주머니의 내부를 확인하며 긴 한숨을 내쉬었다.

"후우… 이건 또 뭔가요? 제 인생에 이런 많은 돈을 한 번에 본 건 처음입니다."

"3,000씰입니다. 그리고 여기엔 입막음 비용도 들어 있습니다."

나는 직설적으로 요구했다.

"앞으로 저희들에 대한 일은 누구에게도 말씀하지 말아주십시오. 아시겠습니까?"

"아, 그거라면……."

코르시는 입술을 깨물며 시선을 피했다.

아무래도 켕기는 게 있는 모양이다. 나는 쓴웃음을 지으며 고개를 저었다.

"지금까지 누구에게 무슨 말을 했는지는 상관없습니다. 하지만 앞으로는 곤란합니다. 부탁드립니다."

"저… 죄송합니다. 아무래도 이 나라에서 검으로 먹고사는 처지다 보니 흑룡기사단의 요청은 거절하기 힘들어서……."

역시 그도 흑룡기사단 소속인 루니아의 정보 수집에 협조한 모양이다.

나는 괜찮다는 듯 고개를 끄덕이며 말했다.

"어쩔 수 없었겠죠. 그저 앞으로만 조심해 주시기 바랍니다."

"아… 알겠습니다. 지금부터 주한 님과 관련된 일이라면 입을 꽉 다물겠습니다. 설사 어디 깊은 산속의 동굴에 끌려가서 고문을 당하더라도 불지 않을 테니 걱정하지 않으셔도 됩니다."

코르시는 그제야 자신의 손에 쥐어진 돈의 무게를 실감하는 듯했다.

나는 마지막으로 동료들의 수련에 대해 이야기한 다음 호텔을 향해 걸음을 옮겼다.

내가 머물고 있는 호텔이 아니라, 파비앙 왕자가 머물고 있는 내곽 도시의 A구역에 있는 최고급 호텔이었다.

그런데 왕자는 의식을 잃고 기절해 있었다.

• 29장 •

정령의 유혹

"바로 어제 쓰러지셨습니다."

루니아는 침대에 누워 있는 왕자를 보며 말했다.

"당신이 수련을 위해 사막에 나간 동안, 자신도 질 수 없다며 호텔 옥상에서 검을 단련하다 갑자기 쓰러지셨습니다."

"어째서요?"

"저도 모르겠습니다. 왕자님은 안색이 나빠 병약해 보이지만 실제로는 건강 그 자체입니다. 지금까지 이런 식으로 갑자기 의식을 잃은 적은 처음입니다."

"신관을 부르거나 해야 하지 않을까요?"

나는 조심스럽게 의견을 냈다. 루니아는 고개를 저으며 말했다.

"치유 마법이라면 저도 쓸 수 있습니다."

"네?"

나는 이미 알고 있었지만 모른 척하고 물었다.

"치유 마법이라니, 신관이셨습니까?"

"신관이 아니라도 신성 마법은 쓸 수 있습니다."

루니아는 은회색의 짧은 머리카락을 가볍게 쓸어 넘기며 말했다.

"스텟만 활성화되어 있으면 누구나 가능합니다. 그러고 보니 당신의 동료인 램지라는 노인도 신성 스텟이 활성화되어 있더군요. 신전에 가서 수행을 하면 몇 가지 마법을 쓸 수 있을 겁니다."

이미 나를 포함한 동료 전원의 조사도 끝난 모양이다.

루니아는 싸늘한 눈으로 왕자를 보며 말했다.

"어쨌든 회복 마법도 통하지 않았습니다. 이래서 제가 왕자의 잠행을 반대했던 겁니다. 물론 몸 상태와는 상관없는 이야기이지만 샌드 웜 킹은 왕자님 혼자서 어떻게 해볼 몬스터가 아닙니다."

"확실히 그렇죠."

"계획대로라면 뱅가드의 영주인 타밀 경에게 도움을 받았을 겁니다. 그분은 왕가에 극단적으로 충성하는 분이니까요."

"하지만 노환으로 누우셨다고……."

“그 시점에서 왕자님은 계획을 중단했어야 합니다.”

루니아는 차가운 시선으로 날 주시했다.

“하지만 하필 그때 투기장에서 당신의 시합을 보신 겁니다. 당신에게 꽂힌 왕자님은 제게 조사를 명령했습니다. 덕분에 저는 이틀 동안 죽을힘을 다해 뛰어다녔습니다.”

“…고생하셨군요.”

“제 고생은 상관없습니다. 중요한 건 크레아 왕실의 존속입니다.”

루니아는 시선을 창밖으로 돌리며 말했다.

“불경한 이야기이지만, 제 생각에 왕녀님은 이미 가망이 없습니다.”

나는 마른침을 삼키며 물었다.

“왕녀님이 그렇게 위독합니까?”

“마력 증후군은 불치병입니다. 의식을 잃은 채 회복되지 않습니다. 인간은 그런 상황에서 오랫동안 생명을 유지할 수 없습니다.”

만약 지구라면 생명 유지 장치라도 연결해서라도 목숨을 부지했을 것이다.

나는 갑갑한 마음으로 왕자를 보며 말했다.

“그런데 이젠 왕자님까지 쓰러지셨군요. 이유도 모른 채… 혹시 저분도 마력 증후군에 걸린 건 아닙니까?”

“마력 증후군은 하이 위저드급의 마법사만 걸리는 병입니다.”

루니아는 고개를 저었다.

"제 생각에 왕자님은 어떤 쇼크를 받고 순간적으로 의식을 잃은 것 같습니다. 길어도 2, 3일 후에는 깨어나실 겁니다."

"그나마 다행이군요. 생명에 지장은 없으니."

"하지만 결국 마찬가지입니다. 무사히 깨어나셔도 결국 샌드 웜 킹을 토벌하러 나가실 테니까요. 목숨을 장담할 수 없습니다."

루니아는 표정으로 감정을 드러내는 타입이 아니다.

하지만 지금만큼은 그녀의 표정에서 근심이 느껴졌다.

나는 잠시 생각하다 질문했다.

"왕자님의 형제는 셀리아 왕녀님 한 명뿐입니까?"

"네, 그렇습니다."

"그럼 왕자의 신변에 문제가 생기면 안티카 왕국의 후계는 어떻게 됩니까?"

"본래대로라면 셀리아 왕녀가 훗날 여왕으로 즉위합니다. 하지만 지금 같아서는 왕녀가 먼저 죽을 테니… 다른 사촌들이 후계 자리를 놓고 쟁탈전을 벌이겠죠."

"혼란이 오겠군요."

"엄청난 혼란이 올 겁니다. 자유 진영 전체가 흔들릴지도 모릅니다.

루니아는 고개를 저었다.

나는 잠시 생각하다 그녀에게 물었다.

"셀리아 왕녀는 어째서 자유 진영의 상징과도 같은 존재가 된 겁니까?"

"아름다우니까요."

"네?"

"결론적으로 그렇다는 말입니다. 신성제국과 자유 진영을 가르는 기준은 결국 지구입니다. 그리고 왕녀는 많은 사람 앞에서 지구와 차원경의 유익함에 대해 연설하고 반대파를 설득했습니다."

"…자유 진영 내에도 반대파가 있습니까?"

"있습니다. 차원경의 생산을 제한하거나 지구의 풍습을 자유롭게 따르는 걸 막아야 한다는 정치 세력이 존재합니다. 물론 신성제국처럼 극단적인 건 아닙니다."

"…그렇군요."

"중요한 건 왕녀의 아름다움입니다. 그녀는 실로 사람 위에 군림하는 힘을 가지고 있습니다. 반대파조차도 그녀의 아름다움 앞에선 경의를 표합니다. 자유 진영은 최근에도 수차례나 분열의 위기를 겪었지만, 그때마다 셀리아 왕녀가 각국을 돌아다니며 협상과 설득을 거듭해 분열을 막아냈습니다."

말하자면 자신의 지위와 특유의 아름다움으로 자유 진영의 핵심 인물이 되었다는 것이다.

이 정도까지 말하니 확실히 궁금했다.

셀리아 왕녀가 대체 얼마나 아름다운지.

하지만 당장은 그보다 중요한 일이 있었다. 나는 앞으로의 계획에 대해 질문했다.

"어쨌든 당장이 문제입니다. 제가 아무리 수련을 해도 남은 시간 동안 레벨을 하나 이상 높이긴 힘듭니다."

"레벨?"

"기본 스텟의 상승 말입니다."

나는 단어를 정정했다.

"결국 저와 동료들은 곁에서 왕자님과 당신의 전투를 서포트할 뿐입니다. 하지만 왕자님이 저렇게 되셔서는 샌드 웜 킹을 잡으러 갈 수 없지 않겠습니까?"

"동감입니다."

처음부터 이 토벌이 마음에 안 들었던 루니아는 즉시 동의했다.

"상황을 여기까지 끌고 와서 이런 말을 하는 것도 죄송합니다. 하지만 내일까지 왕자님이 깨어나시지 않으면 이번 토벌은 취소하는 걸로 하겠습니다."

"어쩔 수 없죠. 그런데……."

나는 왕자의 침대 옆에 기대 있는 검은색 칼을 노려보며 입을 다물었다.

정령.

가늘고 긴 뱀처럼 생긴 정령이 다시 칼을 타고 기어 나오며 말했다.

―드디어 왔구나? 다시 만나서 반가워.

정령은 곧바로 말을 걸었다.

나는 골치가 아픈 걸 느끼며 근처의 의자에 기대앉았다.

"…죄송합니다, 루니아 님. 잠시만 여기 앉아 있어도 되겠습니까?"

루니아는 말없이 고개를 끄덕였다. 나는 양손으로 얼굴을 감싼 채 정령과 대화를 나눴다.

'크로우, 나는 너를 얻기 위해 쓸데없는 이야기를 왕자에게 약속할 생각은 없다. 그냥 잠자코 서로의 갈 길을 가는 게 어때?'

정령은 즉시 거부했다.

―그건 안 되겠어.

'어째서?'

―이미 널 만나 버렸으니까. 그래서 저 멍청한 왕자를 기절시켜 버린 거야.

'뭐?'

나는 순간적으로 눈을 뜨며 크로우를 노려보았다.

'왕자를 기절시킨 게 바로 네 짓이라고?'

―맞아. 나는 그럴 힘이 있어. 평소에 안 쓸 뿐이지.

'어째서?'

―말했잖아? 난 이제 저 왕자와 같이 싸우기 싫어. 나는 너를 원해. 너라면 내 힘을 완벽하게 끌어낼 수 있을 거야. 어때?

나는 즉시 대답했다.

'거절한다.'

—어째서!

'지금 난 너와 이런 실랑이를 벌일 시간이 없다. 가능하다면 당장 왕자를 깨워.'

—깨우는 거야 쉽지만. 그래서 어쩌게?

'어떻게든 샌드 웜 킹을 잡아야지. 그리고 셀리아 왕녀를 살려서 자유 진영이 붕괴되는 걸 막는다.'

—나는 그런 거 아무래도 상관없어.

크로우는 따분하다는 목소리로 말했다.

—난 원하는 걸 가지고 싶을 뿐이야. 새로운 주인. 그게 안 되면 될 때까지 예전 주인을 괴롭힐 수밖에 없어.

'그만둬라. 어린아이가 떼를 쓰는 것도 아니고.'

—싫은데? 그리고 어차피 왕자는 샌드 웜 킹을 못 잡아.

'왕자 혼자 잡는 게 아니야. 루니아와 나, 그리고 내 동료들이 지원할 거다.'

—그래봤자 그게 그거야. 나는 샌드 웜 킹의 힘을 알고 있어. 지금 이대로면 결국 다 같이 죽어. 아니면 몇 명 죽고 나머지는 도망치거나.

나는 긴 한숨을 내쉬며 말했다.

'그래서? 정말 그렇다면 내가 널 가진다고 해서 뭐가 달라지지? 왕자에게 널 달라고 하고, 동시에 샌드 웜 킹과 싸우지도 말라는 거냐?'

—아니, 넌 싸워도 돼.

'뭐?'

—왕자 없이 너 혼자 싸워도 돼.

'그건 또 무슨 헛소리지? 지금 내가 왕자보다 약하다는 걸 모르나?'

—나와 함께하면 이길 수 있어. 내가 말한 몇 가지만 따르면.

'못 믿겠다. 어떻게 그게 가능하지?'

—가능해. 물론 위험하겠지만. 그래도 날 믿어.

'인간이라면…….'

나는 크로우를 주시하며 말했다.

'그래. 인간이라면 내 눈으로 직접 확인하고 믿을 수 있을지도 모른다. 혹은 믿지 않을 수도 있겠지. 표정, 목소리, 말투, 분위기, 눈빛까지 읽을 수 있으니까. 하지만 이것조차 백 퍼센트 신뢰할 수는 없어. 나는 그저 내 눈을 믿을 뿐이다.'

—그런데?

'그런데 넌 애초에 인간이 아니다. 난 대체 어떤 기준으로 네 말을 믿어야 하지?'

—그건 또 무슨 어리석은 이야기야?

크로우는 한심하다는 듯 말했다.

—거짓말은 인간이나 하는 거야. 정령은 거짓말을 안 해.

'어째서?'

—그럴 필요가 없으니까. 우리는 진실의 세계에 걸쳐 있는

존재야. 오직 정령사만이 우리들의 세계를 엿볼 수 있어. 바로 너처럼.

'그렇다고 네가 무조건 진실을 말한다고 할 수는 없지.'

—답답하긴. 너는 지금 마음으로 이야기하고 있잖아? 마음으로 이야기하면서 그 마음을 속일 수 있어?

그래서 실제로 해봤다.

'크로우, 난 네가 너무 좋아. 아주 믿음직해. 우린 정말 좋은 친구가 될 수 있을 거다.'

—와… 너 진짜 못된 인간이구나.

크로우는 부들거리며 몸을 떨었다.

—그래. 인간은 그런 존재야. 남을 속이는 것도 모자라 자기 자신마저 속이지.

'억울하면 날 믿게 해봐. 대체 어떻게 샌드 웜 킹을 잡을 수 있지? 난 고작 1단계 소드 익스퍼트일 뿐인데?'

나는 크로우에게 계획을 요구했다.

그러자 크로우는 자신이 알고 있는 샌드 웜의 모든 정보와 약점을 설명했다.

—이 정도면 알겠지? 그럼 이제 왕자를 깨울 테니까 직접 말해봐.

그리고 설명이 끝났을 때, 기절해 있던 왕자가 신음 소리를 내며 몸을 일으켰다.

"으… 난 대체……."

"왕자님, 정신이 드십니까?"

루니아는 침착하게 물부터 챙기며 파비앙 입가에 가져갔다.

"후우……."

물을 마신 파비앙은 긴 한숨을 내쉬며 날 바라보았다.

"온몸이 쑤시는군. 대체… 무슨 일이 있던 거지? 그리고 주한, 너는 왜 여기 있고?"

"사막에서 돌아왔습니다. 경과 보고와 앞으로 있을 토벌 계획에 대해 의논하기 위해 찾아왔습니다만……."

나는 짧게 숨을 들이마시며 말을 이었다.

"왕자님은 그냥 여기 계십시오. 샌드 웜 킹은 제가 토벌하겠습니다."

순간 파비앙의 표정이 경직되었다.

"뭐?"

"말씀드린 그대로입니다. 아, 루니아 님은 도와주셔야 합니다. 아무래도 저 혼자는 무리니까요."

"내가 도와줘도 무리다."

루니아는 눈살을 찌푸렸다. 나는 쓴웃음을 지으며 고개를 끄덕였다.

"그게 당연하겠죠. 하지만 가능합니다."

"정말인가? 사막에서 엄청난 수련에 성공하고 돌아온 건가? 그 며칠 사이에 2단계 소드 익스퍼트 이상이 되었다던가?"

파비앙은 순식간에 기대에 가득 찬 얼굴로 날 스캐닝했다.

하지만 기대는 잠시뿐이었다. 나는 어두워진 왕자의 얼굴을 보며 고개를 저었다.

"저는 여전히 1단계입니다. 하지만 가능합니다. 왕자님께서 제 부탁을 한 가지만 들어주신다면 말입니다."

"그게 사실이라면… 내 목숨을 걸고 셀리아와의 결혼까지 주선해 주겠다."

왕자는 아직 정신이 덜 깨어난 모양이다. 나는 고개를 저으며 말했다.

"결혼은 괜찮습니다. 제가 원하는 건 왕자님의 칼입니다."

* * *

결론적으로 말하면 왕자는 도저히 뭔가와 싸울 만한 몸 상태가 아니었다.

왕자의 오러는 바닥까지 떨어진 상태였다.

물론 휴식을 취하면 다시 회복될 것이다. 사나흘 정도. 하지만 당장 시간 내에 사막으로 나가 샌드 웜 킹을 상대하는 건 무리였다.

'이 정령은 대체 어떻게 그런 짓을 저지른 걸까?'

나는 허리에 찬 칼을 노려보며 생각했다.

파비앙은 그 자리에서 내 부탁을 승낙했다.

아무리 가문 대대로 내려오는 명검이라 해도, 그것을 소중한 동생의 목숨과는 바꿀 수 없다.

왕자는 그렇게 말하며 자신의 손으로 직접 칼을 건네주었다.

동생에 대한 파비앙의 사랑은 대단했다.

하지만 루니아는 그렇지 않았다.

"지금부터 제가 당신을 옆에서 감시하겠습니다. 샌드 웜 킹을 잡지 않고 도망쳐 버리면 왕가의 명검인 '검은 뱀'만 날려 버린 꼴이니까요. 만약 그렇게 된다면 제가 목숨을 걸고 당신과 당신의 동료들을 찾아내 반드시 제거하겠습니다."

그 뒤로 루니아는 그림자처럼 내 주위를 맴돌았다.

* * *

파비앙에게 칼을 건네받은 지 사흘 뒤.

나는 동료들과 함께 다시 한 번 사막으로 출정했다.

"일단 여기까지 온 이상 돕긴 돕겠습니다. 하지만 저는 개죽음당할 생각이 없습니다. 당신은 여전히 1단계 소드 익스퍼트입니다. 샌드 웜 킹이 나타나면 먼저 싸우십시오. 승산이 조금이라도 보이면 그때 가세하겠습니다."

루니아는 사막에서조차 얼음장 같은 얼굴로 날 노려보며 경고했다.

"하지만 허풍이었다면 저는 왕자님의 칼을 회수해서 즉시 뱅가드로 도망칠 겁니다. 다른 동료분들이 죽든 말든 신경 쓰지 않겠습니다. 아시겠습니까, 문주한?"

"그냥 주한이라고 부르십시오."

나는 끝없이 펼쳐진 사막의 밤하늘을 바라보며 웃었다.

"무모하게 보이는 건 알고 있습니다. 다만 저도 당장 모든 계획을 명확하게 설명하기 어려운지라……."

"명확하지 않아도 좋으니 설명하십시오."

루니아는 내 앞을 가로막으며 새카만 눈동자를 치켜떴다.

'저는 사실 정령사라서 왕자님의 칼에 깃든 정령에게 샌드 웜 킹의 약점을 들었습니다.'

문제는 이렇게 말할 수 없다는 것이다. 나는 한숨을 내쉬며 최대한 완곡하게 둘러댔다.

"저는 샌드 웜의 약점을 알고 있습니다. 그것을 최대한 노려서 공략할 생각입니다."

"약점이라면 저 소금 말입니까?"

루니아는 뒤따라오는 동료들을 가리켰다. 나는 소금 가마니를 짊어지고 있는 빅맨과 도미닉을 돌아보며 고개를 끄덕였다.

"네, 소금이 약점입니다."

"소금을 샌드 웜 킹에게 먹이는 겁니까? 그럼 그 몬스터가 죽습니까?"

"죽지는 않습니다. 다만 속에 들은 걸 다 토해내죠. 그다음에 내부부터 공략합니다."

"내부?"

"속에 들어간단 말입니다. 걱정 마십시오. 그 일은 제가 할 테니 기사님께서는 밖에서 최대한 시간을 끌어주시기 바랍니다."

"정작 속에 들어가서 무엇을 어떻게 하는지는 모르겠지만……."

루니아는 미심쩍은 눈으로 추궁했다.

"다 좋다고 합시다. 그런데 그게 왕자님의 칼과는 무슨 관계입니까? 당신은 마치 이 칼이 있어야 몬스터를 퇴치할 수 있는 것처럼 말했습니다만?"

"아닙니다. 저는 그저 이 칼이 매우 탐이 났을 뿐입니다. 목숨을 걸고 몬스터를 토벌하는 대가로 이 정도는 받아야겠다고 생각한 것뿐이죠."

나는 진지한 얼굴로 둘러댔다.

물론 거짓말이다.

그리고 루니아 역시 내 거짓말을 읽고 있었다.

하지만 당장은 어쩔 수 없었다. 나 역시 크로우가 정확히 어떤 힘을 발휘할지는 모르니까.

—그렇게 샌드 웜의 위장 속으로 들어가서 아무데나 날 꽂아. 그럼 내가 해결해 줄게.

크로우는 그렇게 말했다.

녀석이 왕자를 기절시키고 오리를 탈진시킨 것처럼 샌드 웜 킹 역시 똑같이 할 수 있다는 의미로 받아들였다.

하지만 정작 실제로는 무슨 짓을 할지 모른다.

왕자와의 협상을 마치고 칼을 받은 이후, 크로우는 더 이상 모습을 드러내지 않고 칼 속에서 죽은 듯 잠들어 있다.

지금도 칼을 보면 녀석의 희미한 기척이 느껴진다. 나는 초조함을 느끼며 사막의 깊은 밤을 가로질렀다.

*　　　*　　　*

뱅가드를 떠난 지 이틀 후, 우리들은 본격적으로 샌드 웜 킹을 유인하기 시작했다.

하지만 나타나는 것은 그냥 샌드 웜뿐이었다.

나는 수용소를 막 탈출했던 과거의 기억을 떠올렸다.

당시 샌드 웜 킹과 조우한 것은 수용소를 탈출한 지 얼마 지나지 않아서였다.

그것은 킹의 서식지가 사막을 기준으로 서쪽보다는 동쪽에 치우쳐 있다는 것을 의미한다.

그래서 우리는 사막의 바위 바위 지대를 따라, 계속해서 동쪽으로 이동했다.

*　　　*　　　*

작전은 단순했다.

우선 조우한 샌드 웜 킹이 근접 거리에서 솟구치는 순간을 노려 소금 가마니를 입속에 던져 넣는다.

물론 실전은 말처럼 단순하지 않을 것이다.

대체 어느 지점에서 어떤 속도로 솟구쳐 오르는지 어떻게 예측할 것인가?

그래서 나는 자살을 준비했다.

일단 죽음을 통해 샌드 웜 킹이 처음 솟구치는 장소를 알아낸 다음, 5분 전으로 돌아가 정확한 지점에서 대기한다.

물론 굳이 자살하지 않아도 녀석의 첫 공격으로 즉사할지 모른다.

어쨌든 크로우의 말로는 소금을 먹인 샌드 웜 킹은 속에 든 모든 것을 게워낸다고 한다.

이 과정에서 녀석은 한동안 입을 다물지 못하는 상태가 된다.

그다음엔 녀석이 입속으로 들어가 뻥 뚫린 식도를 지나 위장까지 돌진한다.

하지만 이건 생각보다 훨씬 어려울 것이다.

일단 샌드 웜 킹이 대체 몇 초간 입을 벌리고 있는지 모른다.

그리고 녀석은 내가 접근하는 순간 반드시 반격할 것이다.

어떻게든 그것을 피해야 한다. 고작해야 1단계 소드 익스퍼트인 나는 녀석의 반격에 견뎌낼 재간이 없다.

그래서 나는 정령이 알려준 계획을 보강했다.

뱅가드를 출발한 지 4일째 되는 밤. 나는 동료들이 만들어 준 바위 굴 속에서 커티스와 머리를 맞댔다.

"전에 설명한 대로입니다. 샌드 웜 킹의 텅 빈 위장 속으로 저를 데리고 텔레포트할 수 있습니까?"

"음……."

커티스는 심각한 얼굴로 한동안 고민하다 고개를 끄덕였다.

"정말 그곳이 텅 비어 있고… 내 공간 지각의 범위에 들어온다면 가능하다. 하지만 널 데리고 들어가야 하니 집중할 시간이 필요해. 30초 정도."

"30초는 너무 깁니다. 15초 정도는 안 되겠습니까?"

"15초는 무리다. 20초라면… 어떻게든 가능할지도."

"그 정도면 됩니다. 혹시 샌드 웜 킹이 입을 다물어도 상관없습니까?"

"상관없다. 텅 빈 공간에 공기만 차 있으면 어디든 상관없어."

"알겠습니다. 일단 저와 함께 샌드 웜 킹의 위장에 들어간 다음, 당신은 즉시 혼자서 밖으로 탈출해 주세요. 언제 다시 토해낸 위액이 분출될지 모릅니다."

뱅가드의 서점에서 구입한 몬스터 대사전의 기록에 따르면 샌드 웜 킹의 위액은 3단계 오러 유저의 오러 실드를 3초 만에 박살 낼 만큼 강력하다고 한다.

"솔직히… 부담스럽군. 전에 샌드 웜의 위장 가까운 곳에 들어가 본 입장에서 말하자면… 두 번 다시 하고 싶지 않은 일이다."

커티스는 텅 빈 눈으로 몸서리쳤다. 나는 쓴웃음을 지으며 말했다.

"죄송하지만 이번 한 번만 더 해주시면 됩니다."

"아니, 아니다. 그냥 푸념이었다. 지금은 전시 상황이지. 명령엔 무조건 따른다. 그런데 한 가지 말할 게 있다."

커티스는 좀 더 작은 목소리로 말을 이었다.

"내가 뱅가드를 돌아다니고, 마무사와 이야기를 하고, 또 다른 도시 사람들과 말을 하면서 알아낸 사실이 있다."

"뭡니까?"

"텔레포트라는 마법은 이쪽 세계에 존재하지 않는다."

"네?"

나는 눈을 깜빡이며 커티스를 응시했다.

"무슨 소립니까?"

"말 그대로다. 이쪽 세계는 텔레포트가 없어."

"당장 당신도 쓸 수 있고, 뱅가드의 거리마다 텔레포트 게이트가 넘쳐나는데요?"

"목소리를 낮추는 게 좋겠군. 그 여자가 들을지도 모르니."

커티스는 신중한 표정으로 주위를 살폈다.

물론 루니아는 이 바위 굴에 없다.

그녀는 야간에 자신이 쉴 바위 굴을 따로 만들었다. 하지만 커티스는 그녀를 대단히 의식하고 있었다.

"루니아는 무서운 여자다. 눈빛만 봐도 알 수 있어. 너를 보는 그 여자의 눈은… 마치 표적을 겨냥하는 저격수의 눈이다. 언제라도 가차 없이 방아쇠를 당길 준비가 끝난 상태다."

"확실히 그런 분위기입니다."

나는 고개를 끄덕이며 목소리를 더 낮췄다.

"알겠으니 방금 이야기를 자세히 설명해 주세요."

"다시 한 번 말하지만 이쪽 세계에 텔레포트라는 마법은 없다. 물론 나도 당황했다. 당장 텔레포트 게이트가 있으니까. 하지만 정작 나처럼 개인이 직접 원하는 곳으로 가는 마법은 없다."

나는 눈을 크게 뜨며 되물었다.

"정말입니까?"

"몇 차례나 확인했으니 확실하다. 심지어 텔레포트 게이트를 작동하는 마법사에게 직접 질문까지 했다. 어수룩한 시골 사람을 연기했지. 어째서 귀찮게 이런 마법진을 그려서 텔레포트를 합니까? 당신은 마법사니까 그냥 직접 가면 되잖아요?"

"…그랬더니 뭐라고?"

"텔레포트는 인간이 직접 쓸 수 있는 마법이 아니라고 대답했다. 아주 친절하게 원리까지 설명해 줬지. 텔레포트 게이트는 일종의 각인 능력인 것 같다."

"각인 능력요?"

"대상이 인간이 아니라 땅이라는 점에서 다르다. 게이트에 사용되는 마법진은 땅에 새기는 각인 능력인 셈이다. 하지만 그 이상도 이하도 아니야. 마법사의 말로는 최강의 아크 위저드조차도 자신의 몸으로 직접 텔레포트를 쓰는 건 불가능하다고 했다."

"아크 위저드조차도……."

나는 전생의 기억을 떠올리며 입술을 깨물었다.

"하지만 커티스? 저는 전생에 텔레포트를 사용하는 수많은 귀환자를 직접 목격했습니다. 마법이 존재하지 않다면 그건 어떻게 설명할 수 있습니까?"

"나도 전에 네게 그 이야기를 들었다. 그래서 나도 한동안 고민했지."

커티스는 코를 골며 잠든 빅터를 힐끔 돌아보았다.

"네가 없는 동안 소령님과 상의를 했다. 너는 우리들이, 아니, 지구인 전체가 오러에 대해 천재적인 재능을 가지고 있다고 했지? 그래서 그렇게 빠르게 오러 스킬을 익힐 수 있는 거라고?"

"네, 그렇습니다. 제가 좀 더 특별할 뿐입니다. 여러분 모두 평균적인 레비그라스인에 비하면 압도적인 재능을 가지고 있습니다."

"어쩌면 텔레포트도 그런 범주가 아닐까 싶다. 레비그라스인은 평생 가도 쓸 수 없지만, 지구인은 적성에 따라 가능하다고 말이야. 그렇다면 네가 말한 대로 귀환자들이 텔레포트를 쓰는 것도 이상하지 않다. 그들도 원래는 지구인이니까."

커티스의 말은 일리가 있었다.

그는 신중한 얼굴로 입술을 핥으며 말했다.

"그렇다면 내가 쓸 수 있는 이 마법은 엄청난 능력이다. 예를 들어 투기장의 금고를 턴다든가 할 수도 있겠지. 마음에 안 드는 녀석을 몰래 암살할 수도 있다. 왜냐하면 처음부터 이런 마법의 존재 자체를 모르고 있으니까. 당연히 대책도 세워놓지 않았겠지."

나는 고개를 끄덕이며 말했다.

"그렇겠죠. 정작 저는 암살자들이 텔레포트를 사용해 저희들을 기습하는 상황에 대해 대처법을 고심하고 있었습니다."

"앞으론 그럴 필요 없겠군. 어쨌든 알겠지? 이건 확실히 비밀로 해야 한다. 그런데 이런 능력이 있다는 걸 저 여자에게 들켜도 괜찮겠나?"

"확실히……."

나는 심각한 얼굴로 고민했다.

샌드 웜 킹의 위장 속으로 텔레포트하는 장면을 목격한다면 분명 루니아는 경악을 금치 못할 것이다.

레비그라스에는 그런 마법이 존재하지 않으니까.

하지만 바꿔 말하면 텔레포트하는 바로 그 순간만 걸리지 않으면 된다.

나는 커티스와 함께 사냥 당일에 벌어질 일들을 논의했다.

어떻게든 루니아의 시선에서 벗어날 수 있도록, 서로의 동선을 잘 짜는 게 중요했다.

*　　　*　　　*

뱅가드를 출발한 지 6일째 낮.

우리들은 작열하는 사막을 뚫으며 계속해서 전진했다.

"이거 정말 씨가 마른 거 아냐? 킹은 고사하고 그냥 샌드 웜도 이젠 안 나오는데?"

빅터는 들고 있던 쇠몽둥이로 근처의 바위를 두드리며 푸념을 늘어놓았다.

확실히 어제부터 샌드 웜조차 모습을 드러내지 않았다. 나는 스네이크 아이가 짚어진 샌드 웜의 이빨들을 보며 한숨을 내쉬었다.

"아무리 그래도 킹은 어딘가에 있을 겁니다. 그사이에 누가 사냥해 버리지 않았다면 말이죠."

그때 루니아가 걸음을 멈추며 말했다.

"…물이 필요하다."

"아, 여기 있습니다."

나는 등에 메고 있던 수통을 건네주었다. 루니아는 퀭한 얼굴로 한참 동안 물을 마시다 켁켁거렸다.

"괜찮으십니까?"

"콜록… 아니, 괜찮다. 내가 사막을 너무 얕보았군."

루니아는 물통을 돌려주며 말했다.

"솔직히 말해서 너의 행동을 무시하고 있었다. 사과한다, 문주한."

"무슨 행동 말입니까?"

"너는 전에 동료들과 함께 사막으로 나가 수련을 했지. 어리석은 행동이라고 생각했다. 당장 자신의 오러나 최대한 높일 것이지, 어째서 오러 유저조차 되지 못한 동료들을……."

루니아는 다른 동료들을 돌아보며 고개를 저었다.

"하지만 사막은 혼자서는 절대 올 수 없는 곳이다. 결국 보급품을 챙겨줄 동료가 필요하다. 그렇다면 최소한 그들을 각성시켜 최소한의 힘과 안전을 확보해 줄 생각이었던 거로군."

"정확합니다."

나는 동료들을 보며 웃었다.

"킹과의 전투에 참가하진 않는다 해도, 각성하지 않은 몸으론 멀리 떨어져 있는 것조차 위험합니다. 최소한 날아오는 걸 피하거나 막을 수 있는 힘은 필요합니다."

"그래서 오러 실드를 집중적으로 익혔지."

빅터는 즉시 오러를 발동시켜 오른팔에 오러 실드를 만들어 보였다.

"하! 아직은 생긴 게 만들다 만 팬케이크처럼 형편없군."

"그래도 날아오는 돌이나 파편 같은 건 막아낼 수 있을 겁니다."

"하지만 그런 건 그냥 방패로도 막을 수 있지 않나?"

빅터가 실드를 거두며 물었다. 나는 고개를 저으며 설명했다.

"그냥 방패는 충돌시 반작용까지는 막아주지 못합니다. 돌진하는 탱크를 방패로 막았다고 날아가지 않는 건 아니죠. 하지만 오러 실드는 충격 자체를 상쇄해 버립니다. 그러니 이쪽이 훨씬 안전하게……."

나는 순간 입을 다물며 주위를 살폈다.

어딘가에서 미세한 진동이 느껴졌다.

그것은 샌드 웜이 접근한다는 신호다.

하지만 지금까지와는 뭔가 달랐다. 나는 몇 초 정도 진폭을 더 감지한 다음, 즉시 팔을 휘저으며 소리쳤다.

"샌드 웜이 옵니다! 이번에는 킹일지도 모르니 전부 작전대로 해주세요!"

순간 다섯 명의 동료 전원이 신속하게 움직였다. 나는 진동이 전해지는 동쪽을 노려보며 심호흡을 반복했다.

그리고 그 순간.

푸확!

동쪽으로 멀리 500미터쯤 떨어진 곳에서 무언가 거대한 것이 모래와 돌을 박차며 공중으로 치솟았다.

'거리와 덩치를 생각하면…….'

나는 3초 정도 생각한 다음 소리쳤다.

"샌드 웜 킹입니다! 모두 뒤로 물러나세요!"

• 30장 •

왕을 잡아라

가장 먼저 빅맨과 도미닉이 짊어지고 있던 거대한 소금 가마니를 내 옆에 내려놓았다.

그다음으로 커티스를 제외한 전원이 서쪽으로 백여 미터를 달려 도망쳤다.

마지막으로 커티스 혼자 뒤쪽으로 20여 미터쯤 떨어진 곳에서 대기했다.

나는 커티스와 시선을 주고받은 다음 동쪽을 주시했다.

"나는 어떻게 하지?"

루니아가 물었다. 나는 모든 의식을 지면의 모래와 바위에 집중하며 대답했다.

"승산이 보이면 도와주신다면서요? 그냥 그렇게 하시면 됩니다."

"조금만 자세히 부탁한다."

"…일단 제가 녀석의 입속에 소금을 부어 넣으면 그때 녀석의 얼굴과 정면에서 대치해 주세요. 위험하지 않을 정도로 견제해 주시면 됩니다."

"정면에? 알겠다."

루니아는 검을 뽑아 들고 천천히 거리를 벌렸다.

그때 녀석이 두 번째로 솟구쳐 올랐다.

푸화아아아아아아아악!

이번에는 300미터쯤 떨어진 곳이었다. 나는 먼저 오러를 발동시킨 다음 검을 뽑아 들었다.

그러자 루니아가 소리쳤다.

"문주한, 소금은!"

"지금은 괜찮습니다!"

어차피 처음은 버리는 싸움이다.

그렇다면 전력으로 맞서 싸운다. 어차피 지겠지만 샌드 웜 킹의 정확한 덩치와 힘, 속도 등을 몸으로 체험하는 게 중요했다.

그리고 잠시 후, 녀석은 동쪽으로 100여 미터쯤 떨어진 곳에서 다시 솟구쳐 올랐다.

푸화아아아아아아아아아아악!

순간 내가 서 있는 곳까지 모래가 튀며 쏟아졌다. 나는 즉시 지면을 박차며 녀석을 향해 돌진했다.

"문주한!"

"뭐 하냐, 주한!"

루니아와 커티스가 동시에 소리쳤다. 나는 신경 쓰지 않고 적을 향해 뛰어들었다.

그러자 칼날에서 정령이 모습을 드러냈다.

—뭐 하는 거지? 왜 알려준 대로 소금을 쓰지 않는 거야?

나는 사막에 솟은 거대한 기둥을 보며 대꾸했다.

'내가 왜 이러는지 모르나?'

—모르겠어. 그냥 어리석은 멍청이의 무모한 돌진으로밖에 안 보여.

'내 마음을 읽을 수 있다며?'

—못 읽어. 나는 네 목소리를 들을 수 있을 뿐이야.

그렇다면 이 녀석은 내가 가진 첫 번째 초월 능력을 모른다는 말이다.

시공간의 축복.

당연히 알 거라고 생각했지만 착각이었다.

'정령도 전능한 건 아니었군.'

나는 쓴웃음을 지으며 오러 소드를 발동시켰다.

그리고 우뚝 선 샌드 웜 킹의 몸통에 전력을 다한 수평 베기를 휘둘렀다.

콰직!

마치 돌덩이 같았다.

하지만 진짜 돌이었다면 방금 전의 일격으로 박살 냈을 것이다.

샌드 웜 킹의 외피는 경도와 강도가 동시에 높았다. 나는 전력으로 뒤로 물러나며 감탄했다.

'이러니까 2단계 소드 익스퍼트 세 명이 붙어도 상대가 안 됐군.'

일반적인 샌드 웜과는 차원이 달랐다.

전생에도 내구력이 350을 넘긴 모든 소드 마스터와 몬스터에게 '파괴 불가'라는 별명이 붙었다.

그리고 그 순간, 샌드 웜 킹은 몸 전체로 강력한 진동을 일으켰다.

우우우우우우우웅!

동시에 사방의 모래가 일제히 공중으로 솟구쳐 오르며 거대한 모래 폭풍을 일으켰다.

"우와……."

나는 물러나던 속도보다 더 빠르게 뒤쪽으로 날아갔다.

그것은 마치 자연재해처럼 보였다.

사막 한가운데 마치 토네이도와 같은 거대한 모래 폭풍의 회오리가 솟구치고 있다.

그것이 있는 한 나는 녀석의 몸에 접근조차 할 수 없다.

'처음 한 번이 마지막 기회이겠군.'

나는 이를 악물며 헌터 나이프를 뽑아 들었다.

비록 녀석의 힘과 속도를 확인할 수는 없었지만, 적어도 사용하는 기술만큼은 체험할 수 있었다.

이젠 5분 전으로 다시 돌아가야 한다. 나는 나이프를 쥔 왼손에 오러를 집중하며 심장을 찌를 준비를 했다.

그런데 그때, 샌드 웜 킹이 포효했다.

워어어어어어어어어어어어어!

그 순간, 정신이 아득해졌다.

동시에 온몸이 마비된 듯 움직여지지 않았다.

'이건 대체…….'

나는 왼손을 부들거리며 눈앞의 적을 노려보았다.

샌드 웜 킹은 어느새 모래 폭풍을 거둔 상태였다.

모래 밖으로 드러난 몸통의 길이는 30미터 정도였다.

바로 지금, 그 거대한 생명체의 모든 의식이 나에게 집중되어 있다.

나는 가까스로 목청을 열며 소리쳤다.

"잠깐! 우리 대화 좀 하자!"

그러자 녀석이 다시 한 번 포효했다.

우우우워워어어어어어어어어!

동시에 온몸이 오그라드는 듯한 통증이 퍼졌다.

"아윽……."

나는 그 자리에 주저앉았다. 온 사막을 쩌렁쩌렁 울리는 녀석의 포효 속에 나는 강렬한 분노와 나를 향한 증오를 느낄 수 있었다.

—너희들이 바로 나의 아이들을 학살한 놈들이구나!

샌드 웜 킹의 분노는 강렬했다. 녀석은 그 거대한 몸을 천천히 내 쪽으로 옮기며 다시 한 번 포효했다.

워어어어어어우우우어어어어어!

—왜 그런 거지? 어째서 죽인 거냐! 먹을 것도 아니면서! 왜 먹지도 않을 거면서 내 아이들을 죽인 거냐!

녀석의 포효는 그 자체만으로도 엄청난 위력을 가진 광역 공격이었다. 나는 의식이 흐려지는 것을 느끼며 나지막한 목소리로 중얼거렸다.

"너희들은… 우리 인간을… 먹잇감으로 보고 있기 때문에……."

—사막에 있는 모든 것은 서로가 서로의 먹잇감이다! 생존하기 위해 먹고 먹히는 것! 그것만이 유일한 법칙이다!

"큭……."

이번에는 코와 귀로 피가 새어 나오기 시작했다.

녀석은 대화를 할 때마다 막을 수 없는 광역 공격을 해대고 있다.

그나마 나였기에 망정이다.

만약 다른 동료들이었다면 선 채로 기절하거나 숨이 끊어졌을 것이다. 나는 더 이상의 대화를 포기한 채, 어떻게든 나이프를 쥔 왼손을 움직이려 애썼다.

샌드 웜 킹은 곧바로 날 죽이지 않고 분노와 질책을 토해내고 있다.

그러니 지금 바로 자살해야 한다.

만약 이대로 5분 이상의 시간이 끌려 버리면 난 다섯 번의 목숨이 무색하게도 헤어 나올 수 없는 수렁에 빠져 버릴 것이다.

그런데 샌드 웜 킹이 다시 한 번 포효했다.

—두고 보아라, 인간들이여! 언젠가 너희들이 후회할 날이 올 것이다! 우리 일족은 사막에만 사는 것이 아니다! 산에도 있고 바다에도 있으며 하늘에도 있다! 언젠가 너희 인간들을 반드시…….

"…닥쳐."

나는 이를 갈며 말했다.

"닥쳐라, 이 멍청한 벌레 새끼. 언젠가? 언젠가, 언젠가 하는 놈치고 복수하는 꼴을 못 봤다. 고작해야 모래 속을 기어 다니는 하등한 벌레 주제에 감히 인류를 어떻게 한다고? 그게 가능할 성싶나? 덩치는 산만 한 주제에 뇌는 콩알만 한 거냐? 너희들은 죽었다 깨어나도 안 돼. 너희 일족은 결국 인간들의 사냥감이자 재료일 뿐이다."

나는 자유롭게 움직일 수 있는 유일한 곳으로 적을 공격했다.

어떻게든 저 괴물의 화를 돋워서 최대한 빨리 날 죽이게 해야 한다.

"이빨을 부러뜨려 마법 재료로 쓰고, 가죽을 벗겨 옷으로 지어 입고, 피도 뽑아서 마실 거다. 당장 나만 해도 수십 마리를 그렇게 했지. 그리고 너희 일족의 새끼들이 대체 하루에 몇백 마리가 낚시 바늘에 걸려드는지 알기나 하냐? 머릿속에 든 게 없어. 멍청한 게 물고기와 똑같은 수준이다."

그러자 샌드 웜 킹이 포효했다.

쿠우우우우워어어어어어어어!

그것은 특별한 의미가 없는 말 그대로 순수한 분노의 외침이었다. 그와 동시에 녀석은 내 쪽을 향해 그 거대한 몸뚱이를 내리꽂았다.

나는 그제야 말을 거두며 안도의 한숨을 내쉬었다.

"후우……."

* * *

곱게는 죽지 못했다.

먼저 샌드 웜 킹은 몸통으로 날 내려찍었다.

그리고 모래 속에 처박힌 나를 이빨로 물고 밖으로 다시 뽑아냈다.

그러고는 일부러 커다란 바위 위에 내려놓았다.

말하자면 바위는 일종의 모루였다.

녀석은 자신의 온몸을 채찍처럼 활용하며 모루 위에 놓인 나를 미친 듯이 내려찍었다.

두 번을 내려찍히자 발동시킨 오러가 완전히 소멸했다.

세 번을 찍히자 몸 전체가 으스러졌다.

거기서 그냥 죽었으면 좋았을 텐데, 안타깝게도 숨이 붙어 있었다. 녀석은 으스러진 내 몸을 다시 입안에 삼키고 으적거리며 씹기 시작했다.

그것은 시작부터 끝까지 약 50초 동안 이어진 살아 있는 지옥이었다.

*　　　*　　　*

정신을 차렸을 때, 나는 정신을 차릴 수가 없었다.

"아……."

방금 경험한 죽음은 그만큼 끔찍했다.

하지만 넋을 놓고 있을 시간은 없었다. 나는 발치에 놓인 두 개의 소금 가마니를 양어깨에 짊어진 다음, 즉시 동쪽을 향해 달리기 시작했다.

샌드 웜 킹이 솟구쳐 오를 바로 그 장소를 향해.

문제는 타이밍이었다.

나는 적의 출현 장소에 도착한 다음, 정면에서 들썩거리며 다가오는 돌무더기를 주시했다.

솟구치는 순간 지면에 서 있으면 위험하다.

그래서 나는 근처의 바위를 디딤돌 삼아 공중으로 뛰어올랐다.

전력으로.

그러자 순식간에 하늘이 가까워졌다.

'30, 아니, 40미터쯤 점프한 건가?'

짧은 시간이었지만 스스로가 놀랐다.

이 무거운 소금 가마니를 두 개나 짊어지지 않았다면 분명 이보다 훨씬 높게 뛰어올랐을 것이다.

그리고 그 순간, 샌드 웜 킹이 모래와 바위를 박차며 지상으로 솟구쳐 올랐다.

정확히 바로 그 장소였다.

이미 공중에 떠 있던 나는 지면으로부터 엄청난 속도로 접근하는 샌드 웜의 머리를 주시했다.

그 거대한 몸집만큼이나 거대한 아가리가 살짝 벌려져 있다.

하지만 그 살짝조차 사람 몇 명이 한 번에 들어갈 만큼 넓었다.

'기회는 단 한 번이다.'

나는 타이밍을 맞춰 녀석의 입속에 소금 가마니를 던져 넣었다.

투척은 성공적이었다.

하지만 그와 동시에 솟구쳐 오른 녀석의 주둥이 끝이 내 몸을 가격했다.

나는 마치 전철에 치인 듯한 충격을 느꼈다.

파지지지지지지지지직!

타이밍 좋게 전개한 오러 실드가 그 일격에 박살 났다.

나는 엄청난 충격과 함께 더 높은 하늘로 튕겨 날아갔다.

"……."

대체 얼마나 높이 튕겨난 걸까?

100미터?

아니, 200미터?

어쨌든 높다.

얼마나 높이 올라갔는지, 다시 추락할 때까지 상당한 시간이 걸렸다.

'이건 위험하다.'

나는 자유낙하에 몸을 맡긴 채 지면을 노려보았다.

낙하 장소가 모래라면 그나마 낫겠지만, 만약 하필 그곳에 바위가 있다면 엄청난 충격을 받을 것이다.

하지만 내겐 공중에서 방향을 바꿀 만한 기술이 없다.

내가 할 수 있는 것은 그저 새로운 오러 실드를 만들어 지면에 처박히는 순간의 충격을 약화시키는 것뿐이었다.

다행히 그곳은 모래였다.

푸확!

충돌하는 순간, 대량의 모래가 사방으로 솟구쳤다.

다행히 대부분의 충격은 오러 실드가 상쇄해 주었다.

"크……."

하지만 어지러웠다. 나는 눈앞이 빙빙 도는 것을 억지로 참으며 재빨리 내가 만든 모래 구덩이를 빠져나왔다.

마침 저 멀리서 샌드 웜 킹이 포효를 시작했다.

우워어어어어어어어어어어어어!

하지만 거리가 멀어져서 그런지 마비 증상은 생기지 않았다. 나는 녀석의 상태를 확인하며 커티스가 서 있는 곳을 향해 달렸다.

"커티스!"

"성공인가?"

커티스는 긴장한 얼굴로 대기 중이었다.

그리고 그 순간.

한 번의 포효를 마친 거대한 몬스터가 갑자기 휘청거리며 한쪽으로 쓰러졌다.

쿠우우우웅!

강렬한 굉음과 함께 대량의 모래가 사방으로 솟구쳐 올랐다. 커티스는 나와 함께 녀석의 몸이 박혀 있는 쪽으로 달리며 소리쳤다.

"지금인가? 지금 텔레포트하면 되나!"

"아직입니다! 녀석이 속에 들은 걸 싹 토해낸 다음에요!"

그러자 내 목소리를 듣기라도 한 듯, 쓰러진 샌드 웜 킹이 끔찍한 소리를 내며 구토를 시작했다.

꾸우우우웨웨웨웨웩!

나는 곧바로 커티스를 재촉했다.

"어떻습니까! 녀석의 내부에 빈 공간이 느껴지나요?"

"그게… 아… 저쪽인가?"

커티스는 쓰러진 몬스터의 중심부를 가리키며 말했다.

"동시 텔레포트는 사거리가 짧아! 최대한 붙어야 해!"

"부탁합니다!"

나는 왼손으로 커티스의 팔을 움켜쥔 채, 오른손으로 허리에 차고 있던 칼을 뽑아 들었다.

그리고 재빨리 주변을 살폈다.

'루니아는 어디 있지?'

그녀는 당장 눈에 띄지 않았다. 아마도 샌드 웜 킹을 사이에 두고 건너편에 있는 것이리라.

나는 꿈틀거리는 몬스터의 두꺼운 외피를 주시하며 소리쳤다.

"커티스!"

"5초만!"

커티스는 눈을 질끈 감으며 집중했다.

그리고 정말 5초가 지났을 때, 나는 순식간에 세상이 캄캄해지는 것을 느꼈다.

'성공인가?'

동시에 냄새를 통해서 성공을 확신했다.

사방에서 숨조차 쉴 수 없는 악취가 진동했다.

그리고 사방이 캄캄해서 주변이 확실하게 보이지 않았다.

내 몸과 커티스의 몸에서 오러의 빛이 반짝이는데도 불구하고, 이곳은 마치 빛 자체를 집어삼키는 것처럼 결코 환해지지 않았다.

확실한 건 단단하지만 뭉글거리는 어떤 조직 위에 서 있다는 것뿐.

이곳은 바로 샌드 웜 킹의 텅 빈 위장 속이었다.

나는 칼을 치켜들며 소리쳤다.

"커티스, 바로 탈출하세요! "

그러자 커티스가 내 등에 손을 대며 소리쳤다.

"거절한다!"

"네?"

"탈출은 함께한다! 빨리 이 괴물을 죽여! 그러면 같이 탈출할 테니까!"

"망할! 커티스, 왜 하필 이 순간에 불복종입니까!"

나는 이를 갈며 양손으로 칼을 움켜쥐었다.

미친 듯이 꿀렁거리는 괴물의 배 속은 벌써부터 무언가 질척거리는 액체가 분비되기 시작하고 있었다.

그러자 커티스가 비명을 질렀다.

"으아아아아아아악!"

"커티스!"

나는 그 즉시 오러 소드를 발동시키며 지면에 칼을 내려찍었다.

정확히는 샌드 웜 킹의 위벽에.

하지만 이 강력한 괴물은 심지어 위벽조차 놀랄 만큼 단단했다.

푹!

1단계 소드 익스퍼트가 전력을 다해 칼을 내려찍었는데도, 박힌 것은 고작 칼끝의 일부뿐이었다.

기껏해야 10㎝나 될까?

나는 필사적으로 칼날을 쑤셔 박으며 소리쳤다.

"크로우! 이제 네 차례다!"

그러자 어둠 속에서 칼이 빛을 발했다.

검은빛을.

'뭐지, 이건?'

나는 눈을 부릅떴다.

검은색 빛이란 말 자체만으로도 모순적이다.

하지만 그것밖에는 표현할 방법이 없었다.

왕자의 칼에서 뿜어져 나온 검은빛이 순식간에 칼끝을 타고 샌드 웜 킹의 몸속으로 빨려 들어가기 시작했다.

동시에 온 세상이 격렬하게 흔들렸다.

그렇게 얼마나 시간이 지났을까?

"주… 주한? 서, 성공한 건가?"

등 뒤로 커티스의 울먹이는 목소리가 들렸다. 나는 그의 상태가 심각하다고 직감하며 즉시 대답했다.

"작전 성공입니다! 즉시 탈출합시다!"

"그렇군……."

커티스는 떨리는 목소리로 겨우 대답했다.

그리고 동시에 캄캄했던 세상이 순간적으로 밝아졌다.

텔레포트가 성공했다.

"푸하!"

나는 바깥 세계의 맑은 공기를 맡으며 크게 소리쳤다.

"빅터, 포션이 필요합니다!"

그리고 쓰러진 커티스의 몸을 안아 든 채 동료들이 있는 곳으로 달렸다. 빅터는 가장 먼저 달려와 짐 가방 속의 포션을 꺼내 보였다.

"여기! 커티스가 당한 건가?"

"명령 불복종입니다! 이런, 젠장……."

나는 포션병을 받아 든 채, 아직도 하얀 김이 나는 커티스의 발을 노려보았다.

"이거 어떻게 쓰는 겁니까? 다른 포션처럼 먹나요? 아니면 상처에 뿌리는 겁니까?"

"둘 다야! 내가 한 병 더 꺼내 먹일 테니 넌 상처에 뿌려!"

빅터는 즉시 두 번째 회복 포션병을 꺼냈다. 나는 반쯤 녹아내린 커티스의 신발을 벗긴 채, 새빨갛게 드러난 그의 맨발에 포션을 들이붓기 시작했다.

그러자 의식을 잃어가던 커티스가 갑자기 눈을 부릅뜨며 비명을 지르기 시작했다.

"으아아아아아아아아악!"

"닥쳐, 커티스! 이건 네가 자초한 거야!"

나는 이를 악물며 계속해서 포션을 상처에 부었다.

"왜 거기서 탈출하지 않고 버틴 거냐! 샌드 웜 킹의 위액은 3단계 오러 유저도 버티지 못할 만큼 강력하다고 했잖아!"

화가 나서 그런지 말투가 격해졌다. 커티스는 으득 소리가 날 정도로 이를 악물며 통증을 버티기 시작했다.

"끄극… 끄윽… 죄송합니다. 하지만 상관을 두고 혼자 탈출할 수는……."

"난 괜찮다고 했잖아! 귓구멍이 막혔냐, 이 멍청한 놈! 왜 그렇게 쓸데없이 일을 벌여!"

"죄송합니다. 하지만……."

커티스는 뭔가 더 말하려다 그대로 의식을 잃으며 축 늘어졌다. 그러자 빅터가 억지로 먹이던 포션병을 뒤로 빼며 혀를 찼다.

"커티스, 정신 차려! 이거나 다 마시고 기절하란 말이다!"

"…포션을 먹이는 건 나중에 하죠. 의식이 없는데 억지로 들이붓다간 기도에 들어가 더 큰일납니다."

나는 머리끝까지 솟구친 화를 가까스로 억제했다. 빅터는 알고 있다는 듯 고개를 끄덕이며 한 발 뒤로 물러났다.

"무슨 일이 벌어진 건지 안 봐도 선하군. 이 녀석 혼자 먼저 탈출하라는 걸 안 나가고 버틴 건가?"

"…그렇습니다."

나는 한숨을 내쉬며 고개를 저었다. 그러자 빅터가 심호흡을 하며 어깨를 으쓱였다.

"그래서 저 괴물은 잡은 거고?"

"모르겠습니다. 일단은 커티스를 살리려고 거짓말을 했습니다."

나는 곳곳이 부식된 커티스의 몸에 추가적으로 포션을 부었다. 그때 반대편에 있던 루니아가 번개같이 달려오며 소리쳤다.

"문주한! 대체 무슨 일이 벌어진 거지?"

나는 텅 빈 포션병을 사막에 던지며 말했다.

"루니아, 샌드 웜 킹은 어떻게 됐습니까?"

"어떻게 됐냐고? 그야 보는 대로겠지."

루니아는 격양된 얼굴로 뒤를 돌아보았다.

샌드 웜 킹의 거대한 몸은 처음과 똑같이 그곳에 쓰러진 채 경직되어 있었다.

"자세히 확인하진 못했지만 죽은 것 같다. 그런데 네가 한 일 아닌가? 왜 나한테 묻지?"

"확신하지 못했으니까요."

나는 그제야 안도의 한숨을 내쉬며 눈을 감았다. 루니아는 그런 나를 옆으로 밀치며 말했다.

"잠시 비켜라. 이쪽이 상처가 심한 것 같으니."

"아, 그러고 보니 당신은……."

루니아는 즉시 소매를 걷어 올리며 커티스의 양발을 움켜쥐었다.

그러자 기절했던 커티스가 다시 정신을 차리며 비명을 질렀다.

"하아아아아아으으으아아악!"

"잠시만 참아라."

동시에 루니아의 양손에서 하얀빛이 퍼졌다. 나는 발작하는 커티스를 몸으로 찍어 누른 채 그의 얼굴에 소리쳤다.

"참아! 조금만 참으면 된다!"

"허으……."

부들거리던 커티스는 얼마 지나지 않아 다시 눈을 뒤집으며 의식을 잃었다.

그사이, 회복 마법을 시전한 루니아가 헛기침을 하며 몸을 일으켰다.

"끝났다. 피부가 완전히 녹아버려서 한동안 고생할 거야."

"…괜찮은 겁니까?"

"후유증은 없을 거다. 며칠 후면 새살이 돋아나겠지."

루니아는 별거 아니라는 듯 말하며 날 주시했다.

"그보다 설명해라. 대체 방금 뭐가 어떻게 된 거지? 샌드 웜 킹의 위장 속으로 들어간다고 하지 않았나? 나는 네가 입속으로 들어가는 걸 못 봤는데?"

"아, 실은 옆구리로 들어갔습니다."

"뭐라고?"

루니아는 눈을 부릅뜨며 날 노려보았다. 나는 눈 하나 깜짝하지 않고 미리 준비한 거짓말을 늘어놓았다.

"실은 샌드 웜 킹의 옆구리엔 물고기의 아가미와 비슷한 또 다른 기관이 있습니다. 평소에는 절대 열리지 않지만, 방금처럼 위장이 텅 비었을 때는 순간적으로 열리기도 합니다. 저는 그 때를 노려 커티스와 함께 녀석의 위장 속으로 들어갔습니다."

"아니… 그럼 그 아가미 같은 기관이 위장과 연결되어 있단 말인가?"

"위기 상황에만 연결됩니다. 그래서 위장 속을 휘젓고 나서 바로 탈출했습니다. 그런데 아가미가 닫히는 바람에 타이밍이 늦어 커티스가 이 꼴이 되었습니다."

"그런… 정말인가? 하지만 딱히 뭔가 보이는 건 없는데……."

루니아는 죽은 샌드 웜 킹을 돌아보며 중얼거렸다. 나는 어깨를 으쓱이며 웅크렸던 몸을 일으켰다.

"그렇게 쉽게 발견되는 기관이면 누구나 알고 있었겠죠. 어쨌든 다행입니다. 아무도 죽지 않고 저 말도 안 되는 괴물을 해치웠으니까요. 그럼 일단 마력 중후군의 특효약이라는 눈알부터 채취하는 게 좋겠군요."

그런데 그 순간, 나와 루니아를 제외한 동료 전원이 비틀거리며 몸을 떨었다.

나는 깜짝 놀라며 말했다.

"빅터? 도미닉? 다들 왜 그럽니까? 스네이크아이? 빅맨?"

"아니… 아무것도 아니다."

잠시 휘청거렸던 빅터가 가장 먼저 회복하며 고개를 저었다.

"이런 느낌은 저번에도 경험했지. 아무래도 스텟이 오른 것 같다."

"네? 정말입니까?"

나는 즉시 빅터의 몸을 스캐닝했다.

바로 최근까지 52였던 빅터의 오러가 그야말로 한순간에 77까지 올라 있다.

다른 동료들도 마찬가지였다. 레벨이 3이었던 동료들 모두가 한순간에 레벨이 4로 올라 버렸다.

정확히는 커티스를 제외한 모두였다. 커티스는 레벨이 4가 아닌, 단숨에 5가 되어버렸다.

"이 무슨……."

"보아하니 다들 강해졌나 보군."

그러자 루니아가 말했다.

"놀랄 거 없다. 이 정도로 힘의 차이가 역력한 몬스터를 퇴치한 거니까. 실제로 퇴치에 참여하지 않아도 근처에 있는 것만으로 오러가 급상승하겠지. 마법사라면 마력이 오를 테고."

"저도 어느 정도는 예상했지만… 이 정도로 급격히 오를 거라곤 생각하지 못했습니다."

나는 혀를 내두르며 고개를 저었다.

그것은 예상외의 성과였다. 나는 기절한 커티스를 내려다보며 낮은 목소리로 중얼거렸다.

"당신의 레벨이 하나 더 올랐다는 건… 그만큼 이번 전투에서 당신의 활약이 컸다는 말이겠죠. 커티스, 하지만 너무 무모했습니다."

"자자, 그러지 말고 적당히 넘어가자고. 일단 결과가 좋으니까. 녀석도 충심과 동료애로 이런 짓을 벌인 거라고. 이해해주면 좋겠군. 안 그래?"

빅터가 가볍게 웃으며 끼어들었다. 나는 한숨을 내쉬며 고개를 끄덕였다.

"물론 그렇지만 그 탓에 자칫하면 작전이 실패할 뻔했습니다. 그나마 샌드 웜 킹이 죽어서 망정이지……."

"하지만 어쩔 수 없잖나? 이미 벌어진 일인걸. 그리고 네 꼴을 보니 너도 그렇게 안심하고 버틸 상황은 아니었던 거 같은데?"

빅터는 내 옷을 훑어보며 말했다.

"네? 아니……."

나는 그제야 내 옷도 마찬가지로 이곳저곳이 상당히 부식되어 있다는 걸 깨달았다.

동시에 오러도 의식하지 못한 사이 엄청나게 소모되어 있었다.

오러: 32(376)

"32라니… 대체 내가 무슨 짓을 했다고?"

나는 영문을 알 수가 없었다.

샌드 웜과 싸우기 직전까지 내 오러는 360 선을 유지하고 있었다.

그런데 무려 300이 넘는 오러가 사라져 버린 것이다.

예상할 수 있는 건 칼의 정령인 크로우였다.

'녀석이 내 오러를 사용해서 샌드 웜 킹에게 치명타를 날린 건가? 그렇지 않고서야… 이렇게 한 번에 대량의 오러가 소모될 리 없어.'

"어쨌든 임무에 성공한 것 같으니 축배라도 들자고. 이럴 줄 알았으면 술이라도 한 통 챙겨 올 걸 그랬군."

빅터는 기분 좋게 웃으며 물통을 들어 올렸다. 우리 모두 빅터의 물통에 물통을 맞추며 물을 들이켰다.

물은 미지근했다.

그런데 물을 마시고 고개를 내린 순간, 나는 무언가 이상한 것을 발견하며 눈살을 찌푸렸다.

뭔가가 떠 있다.

죽은 샌드 웜 킹의 시체 너머로, 동쪽 하늘 저편에 무언가 무수한 점들이 떠 있었다.

"뭐지, 저건?"

스네이크아이도 뒤늦게 그것을 발견하며 손가락으로 가리켰다. 나는 순간적인 위기를 느끼며 루니아를 돌아보았다.

"루니아!"

"적이야. 이미 포위됐어."

루니아는 이미 싸늘한 표정으로 주위를 살피고 있었다.

동쪽 하늘뿐만이 아니었다.

우리가 진군해 온 서쪽도.

그리고 북쪽과 남쪽 하늘에도 각자 십수 개의 검은 점이 보였다.

『리턴 마스터』 4권에 계속…

ezen
BOOK

GRAND SLAM
FUSION FANTASTIC STORY
자미소 장편소설
그랜드슬램